다크니스

"큭……!
뚜, 뚜껑이 꽉 닫혀서
열 수가 없다……."

지켜주고 싶은 크루세이더

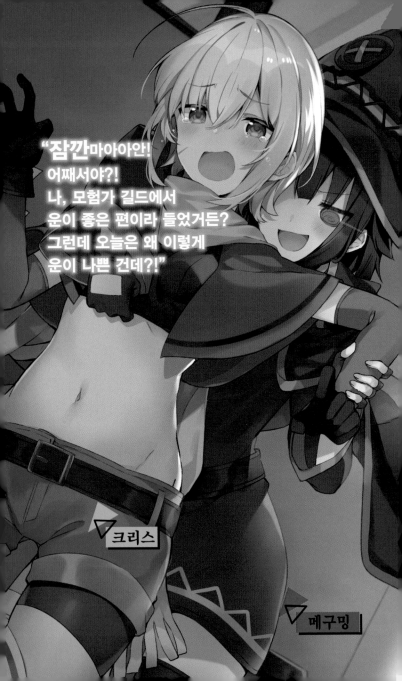

"후하하하하하하,
유감이군요!!
제 눈이 빨간 동안에는,
남이 범죄를 저지르는 걸
그냥 두고 보지 않을 거라고요!"
카즈마
참 운수 좋은 은발 소녀

이 멋진 세계에 축복을!

요리미치!
YORIMICHI!

액셀의 아크 프리스트	011
액셀의 폭렬 탐정	045
지켜주고 싶은 크루세이더	081
참 운수 좋은 은발 소녀	115
불사의 왕이 되기 위해	153
마왕군 간부는 바쁘다	185
가짜 주의!	215
액셀의 문제아들	259
후기	281

CONTENTS

GOD'S BLESSING
ON THIS WONDERFUL WORLD!
YO RI MI CHI

멋진 세계에 축복을! 요리미치!

YORIMICHI!

아카츠키 나츠메 지음
미시마 쿠로네 일러스트
이승원 옮김

Character

아쿠아

직업 — 아크 프리스트
그 누구도 제어할 수 없는 물의
여신. 특기는 연회용 장기자랑.

카즈마

직업 — 모험가
백수 기질이 있는 주인공. 행운
수치 하나만 비정상으로 높다.

다크니스

직업 — 크루세이더
방어 전문 마조히스트 여기사.
실은 귀족 가문 아가씨.

메구밍

직업 — 아크 위저드
홍마족 제일의 천재. 폭렬마법
이외에는 전혀 흥미가 없다.

홈스케

크리스

은발도적단 두목.
다크니스의 절친.

바닐

연령 미상의 대악마.
위즈의 가게에서 일하고 있다.

위즈

액셀 마을에서 매직아이템
가게를 운영하고 있는 점주.
평화주의자지만 리치.

액셀의 아크프리스트
GOD'S BLESSING ON THIS WONDERFUL WORLD! YORIMICHI!

1

소파 위에서 오른손을 아래로 축 늘어뜨리고 드러누운 채 난로의 불길을 멍하니 바라보며 한나절 이상 멍하니 보낸 나는ㅡ.

"저기, 아까부터 뭘 보고 있는 거야? 곧 봄이라서 발정이 나기라도 한 거야? 남의 사타구니를 뚫어져라 응시하지 말라고."

마찬가지로 난로 앞에 자리한 채 아까부터 수상한 행동을 취하고 있는 아쿠아에게 말을 걸었다.

아쿠아는 난로에게 말을 걸거나 뭔가를 쫓아내려는 듯이 손을 흔드는 등, 평소보다 더 기행을 벌이고 있었다.

"그런 바보 같은 소리를 늘어놓으면 확 날려버릴 거야. 이 저택에는 귀족의 사생아인 유령 소녀가 살고 있다는 이야기를 했지? 오늘은 한가한지, 평소보다 더 이상한 짓을 하네."

아쿠아는 그렇게 말하더니 복잡한 표정으로 내 사타구니를 지그시 응시했다.

"또 그런 소리를 하는 건가요? 저희를 겁주려고 해봤자 소용없어요. ⋯⋯참고삼아 묻는 건데, 지금 그 애는 뭘 하고 있죠? 딱히 무서워서 물어보는 건 아닌데⋯⋯."

카펫에 앉아서 수정 구슬을 닦고 있던 메구밍이 미심쩍은 목소리로 그렇게 말했다.

"물체를 통과할 수 있는 유령의 특성을 살려 카즈마의 사타구니에서 얼굴을 쑥 내밀더니, 괴상한 표정을 짓고 있어."

"어이, 농담이라도 그런 소리 하지 마. 유령 소녀가 진짜로 있다고 생각하지는 않지만, 그 애는 왜 그런 괴상한 짓을 하는 거냐고."

"그건 내가 묻고 싶거든? 열기나 고통을 느끼지도 않으면서 활활 타오르고 있는 난로 안에서 고통스러운 표정을 지으며 데굴거리거나, 테이블 위에서 죽은 척 하기도 해. 아까부터 나를 놀래주려고 별의별 짓을 다하고 있다니깐."

진짜로 그런 유쾌한 유령이 있다면 한번쯤은 이야기를 나눠보고 싶다.

한편, 의자에 앉아 굳은 표정으로 책을 읽으며 핫밀크를 마시던 다크니스는—

"그러고 보니 아쿠아 앞으로 모험가 길드에서 편지가 왔다. 어느 귀족이 일을 의뢰하고 싶다는 것 같더구나. 이 마을에서 유일한 아크 프리스트를 지명해 의뢰한 것 같다."

—라고 말하더니 편지 한 통을 아쿠아에게 내밀었다.

"흐음? 귀족의 의뢰라면 보수가 짭짤할 것 같은걸. 빚 청산에 보탤 겸 맡는 게 어때?"

"싫어."

아쿠아는 다크니스가 내민 편지를 손가락으로 쳐내면서

딱 잘라 거절했다.

"……일단 거절하는 이유를 알려줄래?"

"그야 물론 추워서야. 겨울에 일하라는 거야? 바보 아냐?"

아쿠아가 어처구니없다는 표정을 지으며 그렇게 말하자 나는 무심코 소파에서 벌떡 일어섰다.

"인마, 헛소리 마! 집에서 할 수 있는 부업을 구해다줬는데도 안 하는 녀석이 무슨 소리를 하는 거야?! 그 의뢰를 맡기 싫으면, 그만 놀고 빨리 가죽 장갑이나 만들어!"

"싫어! 이미 질렸단 말이야! 내가 왜 매일 같이 가죽 장갑이나 만들어야 하는데?! 그러는 너도 일을 하란 말이야! 우리 중에 가장 어린 메구밍도 수정 덩어리를 닦아서 수정 구슬을 만드는 일을 하고 있거든?!"

이 녀석이……!

"이 멍청아! 야행성인 나는 시급이 센 야간 관문 감시 일을 매일 하고 있단 말이다! 손재주가 없어서 아무 부업도 못하는 다크니스와 똑같이 취급하지 마! 나는 그렇게 쓸모없는 녀석이 아니라고!"

"뭐?! 카, 카즈마, 너의 그 일거리는 내 인맥을 동원해서 구한 것이 아니냐! 그러니 내가 쓸모없다는 발언은 취소해라!"

날벼락을 맞은 다크니스가 책을 놓치고 항의하는 가운데, 아쿠아는 자신감에 찬 웃음을 터뜨렸다.

"그럼 내 특성을 살릴 수 있는 일을 구해줘! 나는 아크 프리스트! 상급 직업인 아크 프리스트란 말이야! 나는 너 같은 최약체 직업인 모험가나 다크니스처럼 아무 짝에도 쓸모 없는 크루세이더가 아니라, 고귀하기 그지없는 아크 프리스트거든?!"

"아쿠아까지……!"

아쿠아가 말도 안 되는 헛소리를 늘어놓자 나는 묵묵히 수정 구슬을 닦고 있는 메구밍을 손가락으로 가리켰다.

"너야말로 저 녀석을 본받아! 지금 이 저택에서 성실하게 일하고 있는 건 나와 메구밍뿐이거든?! 평소 인내심 없는 메구밍이 이렇게 수수한 작업을 꾸준히……."

"다 됐어요! 이 수정 구슬의 영롱한 빛깔 좀 보세요! 정말 잘 닦지 않았나요?!"

메구밍은 내 말을 끊고 수정 구슬을 꼭 끌어안으면서 그렇게 외쳤다.

―그리고 수정 구슬을 머리 위로 치켜들더니…….

"이야아아아아아아아아압~!"

메구밍은 방금 완성된 그 수정 구슬을 난로 안을 향해 주저 없이 집어던졌다.

꽤 값이 나가는 수정 구슬은 난로 안에 들어가자마자 당연히 산산조각 났다.

"인마, 갑자기 뭐하는 거야?!"

나는 눈앞에서 느닷없이 벌어진 기행을 보고 질린 목소리로 그렇게 외쳤고 메구밍은 만족한 표정을 지으며 숨을 내쉬었다.

"휴우, 개운하네요. 겨울이라 밖에 못 나가서 스트레스가 쌓였는데, 이제 한동안 버틸 수 있을 것 같아요. ……다들 왜 그런 표정으로 쳐다보는 거죠?"

"아, 아니, 대체 왜 수정 구슬을 깬 거야? 네 아르바이트는 수정 덩어리를 사포로 닦아서 수정 구슬로 만드는 거잖아?"

"아, 이 아르바이트는 돈 벌려고 하는 게 아니에요. 맨들맨들하게 닦아서 눈부시게 빛나는 수정 구슬을 확 깨버리면 정말 개운할 것 같아서 맡은 거예요. ……모험가 길드에 의뢰 실패의 보고와 수정 덩어리의 변상을 해야겠네요. 카즈마, 돈 좀 빌려주세요."

"좋아. 너의 그 낡은 지팡이 좀 내놔봐. 무기점에 팔아서 변상금에 보태겠어."

메구밍이 꽤 아끼는 지팡이를 꼭 끌어안으며 방어 태세를 취한 채로 슬금슬금 물러나자, 농땡이 동료를 얻은 아쿠아가 한숨 돌린 후 입을 열었다.

"아무래도 이야기는 이걸로 끝났나 보네. 그리고 내가 평소에 일도 안 하며 집에서 데굴데굴 굴러다닌다고 생각한다면 그건 큰 착각이야. 날씨가 좋은 날에 마을을 돌아다니는 건 말이지, 그냥 놀러 다니는 게 아냐. 길 잃은 영혼들을 찾아서 이야기를 들어준 후, 알아서 성불하도록 이끌고 있거든?!"

아쿠아는 으스대듯 그렇게 말했고 조금 전의 편지를 읽고 있던 다크니스가 손에 든 종이를 내밀며 말했다.

"그래? 다행이구나, 아쿠아. 이번 지명 의뢰는 길 잃은 영혼의 제령인 것 같다."

"……저기, 다크니스. 아까 쓸모없는 크루세이더라고 말한 걸 사과할 테니까, 하다못해 내일로 미뤄주면 안 될까?"

2

다음 날 아침, 우리는 의뢰인인 귀족의 저택에 가기로 했다.

그 귀족은 그렇게 격이 높은 귀족이 아니었고 저택 또한 마을 외곽에 있었다.

"저기, 다들 왜 따라오는 거야? 아하, 나와 떨어지기 싫은 거구나?"

"너 혼자 보냈다간 사고를 칠 게 뻔하거든."

겨울이라 인적이 드문 가운데, 우리는 귀족의 저택으로 향했다.

"상대는 귀족이니까요. 무례한 아쿠아를 혼자 보냈다간, 높은 확률로 목 뎅겅~일 거예요."

"메구밍은 대체 나를 어떻게 생각하는 거야? 이래 봬도 예의범절은 완벽하거든?”

“상대는 트란잠 가문이라고 하는데, 가문의 격은 낮지만 오랜 역사를 지닌 어엿한 귀족이다. 아쿠아는 물론이고, 카즈마와 메구밍도 얌전히 있어라. 다들 무례를 범하지 않도록 조심하는 거다.”

다크니스가 자기는 예의범절이 완벽하다는 듯이 우리에게 충고를 했다.

“……자기는 괜찮다는 표정인데, 그거야말로 무례한 짓 아니냐고. 너는 툭하면 거들먹거리는 기사 같은 말투를 쓰잖아. 크루세이더라서 기사 흉내를 내고 싶은 심정은 이해하지만, 오늘은 얌전히 있으라고.”

“뭐! 나는……!”

“그건 그렇고, 너는 상식과 담 쌓았으면서 귀족에 관해서는 해박하네.”

무슨 말을 하려던 다크니스는 내가 이은 말을 듣자마자 갑자기 허둥댔다.

“그, 그게, 저기, 아버지의 업무 때문에 귀족의 이름을 알 기회가 많았다고 할까, 어쩌다 보니…….”

이 녀석의 아버지는 귀족의 전속 상인이었던 걸까?

거동이 수상한 다크니스를 신경 쓰다 보니 어느새 우리는 목적지인 저택에 도착했다.

문 앞에는 수위가 두 명 서 있었다.

그 중 한 명이 우리에게 말을 걸었다.

"으음……. 너희는 누구지? 이 저택에 볼일이라도 있는 것이냐?"

험상궂게 생긴 수위 때문에 약간 겁을 먹은 나는 말을 골라가며 설명했다.

"아, 예! 으음…… 모험가 길드의 소개로 유령 퇴치 의뢰를 맡은 사람입니다만……."

""오오!""

수위들은 내 말을 듣더니 환성을 질렀다.

"자, 잠시 기다려라!"

수위들은 허둥지둥 저택 안으로 뛰어 들어갔고 우리는 고개를 갸웃거리며 그들을 쳐다보았다.

─이윽고 돌아온 수위는 우리를 호화로운 응접실로 안내했다.

빚 탕감에 보탤 겸 비싸 보이는 장식품이라도 훔쳐서 돌아가고 싶다는 생각이 들었다.

응접실 소파에서 한동안 기다리자 우리와 비슷한 또래로 보이는 뚱뚱한 청년이 들어왔다.

오자마자 우리를 차근차근 뜯어보는 저 청년이 바로 의뢰인인 트란잠 가문의 당주일 것이다.

"내가 바로 트란잠 루소 에이브럼이다. 너희가 의뢰를 맡은……."

말을 이으며 다크니스 쪽을 쳐다본 청년은 갑자기 화들짝 놀라면서…….

"아, 아니……! 저, 저희 가문을 이렇게 찾아주셔서 정말 감사합니다. 모험가로 활동하고 계시다는 이야기를 들었지만, 설마 더스티네—."

"아아아아아앗! 처음 뵙겠습니다, 트란잠 님! 저는 일개 모험가이자 크루세이더인 다크니스라고 합니다아아아앗?!"

다크니스는 느닷없이 의뢰인의 말을 끊으며 큰 목소리로 자기소개를 했고 나는 허둥지둥 그녀를 뜯어말렸다.

"인마, 갑자기 뭐하는 거야?! 무례를 범하지 말라고 말한 건 바로 너잖아!"

"그그, 그게, 저기……! 피치 못할 사정이……!"

내가 다크니스의 목덜미를 잡아당기면서 귓속말로 그렇게 말하자 그녀는 울상을 지으며 대꾸했다.

그런 우리를 본 의뢰인은 화를 내는 것이 아니라 잠시 동안 얼이 나간 듯한 반응을 보이더니—.

"으, 으음, 처음 뵙겠습니다, 다…… 크니스…… 님. 너, 너희도 너무 격식을 차릴 필요는 없다! 그러니 다크니스 님을 놔주도록!"

그는 서민파 귀족인 건지 우리의 행동을 보고 미간을 찌푸리는 것이 아니라 허둥지둥 그런 말을 입에 담았다.

"그런가요? 이야, 죄송해요. 얘도 나쁜 녀석은 아닌데, 때때로 기행을 저지른다고 할까요……. 어이, 다크니스! 빨리 트란잠 님에게 진심으로 사과해!"

"……이, 일개 서민에 불과한 제가 트란잠 님에게 무례한 행동을 범해……."

"괜찮습니다! 사과하지 않으셔도 돼요! 존댓말을 쓸 필요 없고, 존칭을 안 써도 됩니다! 저는 그냥 에이브럼이라 불러 주십시오!"

이 방에 들어올 때만 해도 우리를 내려다보는 것 같았는데 이렇게 이야기를 나눠보니 도량이 넓고 호감이 가는 청년이었다.

나는 귀족에 대한 이미지를 아주 약간 좋게 변경한 후 자기소개를 했다.

"그럼 우선 자기소개부터 하겠습니다. 저는 모험가인 사토 카즈마라고 합니다. 이쪽은 홍마족이자 아크 위저드인 메구밍, 그리고……."

메구밍이 고개를 꾸벅 숙인 가운데, 일련의 상황을 쳐다보고 있던 아쿠아가 입을 열었다.

"내가 바로 이 의뢰를 맡은 아크 프리스트인 아쿠아 님이야, 에이브럼."

"너, 왜 그렇게 고개가 뻣뻣한 거야?! 팔짱 풀고 고개 숙여! 그리고 상대방이 존댓말 안 써도 된다고 했지만, 그렇다고 이름을 막 부르지는 마!"

아쿠아의 말을 듣고 나는 표정이 굳어졌지만—.

"저, 저기, 그게, 그냥 이름으로 불러도 돼……. 그러니 다크니스 님도, 부디 저를 이름으로 편하게 불러주시죠……."

에이브럼은 그렇게 말하더니 다크니스를 향해 억지 미소를 지었다.

3

"이 저택에 악령이 들러붙어 있는 것 같습니다."

의뢰 내용을 들어보니 에이브럼의 이야기는 아래와 같았다.

요즘 들어 저택에서 다양한 일이 일어나고 있다고 한다.

예를 들자면 이 저택에서 기거하는 메이드의 옷장을 누군가가 뒤졌다.

그리고 욕실에서 얼굴을 씻던 메이드가 누군가의 시선을 느꼈다고 한다.

"……이 저택에 사는 누군가가 치한 행위를 한 것 아닐까요?"

"아, 아냐! 이 저택에서 살며 일을 하는 사람은 나 빼고 전부 여자다! 물론 나는 그런 짓을 한 적 없다! 그리고 이 일 때문에 메이드들이 나를 의심하고 있단 말이다!"

에이브럼은 필사적인 표정으로 호소했다.

다크니스는 그런 에이브럼에게 이렇게 말했다.

"하지만 그것만으로는 악령의 짓이라 단정할 수 없겠지. 에이브럼 님은 어째서 이게 악령의 짓이라고 여기는 거지?"

"그, 그게……. 때때로, 목소리가 들립니다. 그리고 그 목소리는, 어찌된 건지 저한테만 들리죠……."

"저기, 악령을 퇴치할 게 아니라 의사를 찾아가보는 편이 좋을 것 같은데요."

"어이, 메구밍! 에이브럼 님, 무례를 용서해다오!"

"아, 아뇨……. 그렇게 여기는 것도 무리는 아닐 겁니다. 그러니 고개를 드시죠, 다크니스 님……."

에이브럼은 그렇게 말한 뒤 뭔가를 꾹꾹 눌러 참고 있는 미소를 지었다.

그건 그렇고…… 목소리가 들리는 건가.

다들 고민에 잠겨 있는 바로 그때였다.

"보여! 이 저택에는 분명 유령이 살고 있어!"

지금까지 심심한 듯이 과자를 씹어 먹고 있던 아쿠아가 느닷없이 그런 소리를 늘어놓았다.

"저, 정말입니까?! 아크 프리스트 님!"

"아쿠아 씨라고 불러, 이 무례한 남자야. 아무튼, 진짜로 이 저택에 유령이 살고 있어. 하지만 그는 악령이 아냐."

"에이브럼 님, 정말 면목이 없다! 아쿠아, 말조심 좀 해라!"

에이브럼은 아쿠아의 말을 듣고 입가가 부들부들 떨렸지만 시체 같은 눈빛으로 다크니스를 쳐다보며 괜찮다는 듯

억지 미소를 지었다.

"당신의 아버지는 최근에 우뭇가사리 슬라임이 목에 걸려서 돌아가셨나 보네. 그래서 당신이 당주 자리를 이어받은 거지?"

"그, 그걸 어떻게……?!"

지금까지는 아쿠아를 수상한 영매사 정도로 여기던 에이브럼이 경악을 금치 못하며 눈을 치켜떴다.

"뭐, 나 정도 되면 이런 일은 아무것도 아니거든. 방황하는 유령의 정체는 당신의 아버지인 트란잠 루소 피클스. 취미는 기타와 정원 손질. 좋아하는 건 11년 된 핑크 네로이드."

"그런 것도 알 수 있는 겁니까?!"

아까까지와 달리 에이브럼은 존경심이 어린 눈길로 아쿠아를 바라보았다.

"……우뭇가사리 슬라임이 목에 걸려 목숨을 잃기 전날. 당신과 마신 최후의 핑크 네로이드는 최고였다고 말하네."

"아, 아버니이이이이이임!"

에이브럼은 고함을 지르며 울음을 터뜨리고 손으로 얼굴을 가린 후 무너지듯 주저앉았다.

"아쿠아는 어째서 저렇게 아무래도 상관없는 일까지 알 수 있는 걸까요. 그리고 의뢰인의 반응을 보니 사실인 것 같은데요……."

"저기, 엄청 미심쩍어 보이지 않아? 진짜로 저 녀석에게 맡겨둬도 괜찮겠어?"

"괘, 괜찮을 거라고…… 생각하고 싶다만……."

—에이브럼이 한참동안 눈물을 흘린 후 우리와 다시 의뢰 내용에 관해 이야기했다.

"악령인 줄 알았던 존재가 아버님이셨다니……. 당초의 의뢰 내용은 턴 언데드로 악령을 퇴치해달라는 것이었습니다만, 의뢰를 변경하고 싶습니다. 아버님이 편안히 성불할 수 있도록, 도와주셨으면 합니다."

아쿠아의 말에 따르면 유령은 현세의 미련이 풀리면 정화 마법 없이도 성불이 가능하다고 한다.

즉, 에이브럼의 아버지는 아직 미련이 남아있는 것이다.

"뭐, 맡아줄 수는 있는데 말이야. 마법으로 정화하는 것을 바라지 않는다면, 내가 해줄 수 있는 거라고는 통역뿐이 거든?"

"그래도 괜찮습니다! 아버님의 소원을 제가 이뤄드릴 테니까요!"

아무래도 이야기가 잘 정리된 것 같았다.

에이브럼의 태도는 아쿠아가 진짜로 유령을 볼 수 있다는 것을 알자마자 완전히 바뀌었고 지금은 존경심마저 어려 있었다.

아무래도 뒷일은 아쿠아한테 맡겨둬도…….

"우선 첫 소망은……. 카즈마, 지금 바로 핑크 네로이드를 사와."

"뭐?!"

이 녀석, 갑자기 무슨 소리를 지껄이는 거야?

"헛소리 마. 왜 내가 사러 가야 하는 건데? 그리고 유령은 술을 못 마시잖아."

"뭘 모르네. 유령도 기합만 있으면 조금은 먹고 마시는 게 가능해. 폴터가이스트 몰라? 그것도 기합으로 식기 같은 걸 허공에 띄우는 거야. 추억이 어려 있는 11년 된 핑크 네로이드를 맛보고 싶대."

에이브럼은 나를 쳐다보고 애원하는 자세를 취했다.

아무래도 사오라는 뜻 같았다.

"어쩔 수 없지. 이번 의뢰의 보수는 나눠가지는 거야."

나는 투덜대면서 심부름을 갔다.

4

부탁 받은 핑크 네로이드를 사온 나는 무심코 이렇게 중얼거렸다.

"……어쩌다 이렇게 된 거야?"

내 눈앞에서는 응접실 소파에 놓인 곰 인형이 메이드들에게 시중을 받고 있었다.

"어머, 카즈마. 어서 와. 핑크 네로이드는 저 테이블 위에 둬."

그 옆에서는 통역 담당으로 보이는 아쿠아가 테이블 위에 놓인 과일을 먹고 있었다.

얼이 나간 나에게 다가온 메구밍이 상황을 설명해줬다.

"저 곰 인형 안에 트란잠 가문의 선대 당주인 피클스 씨가 들어가 있는 것 같아요. 그리고 피클스 씨가 이런 상황을 바란다네요……."

내가 다시 곰 인형을 쳐다보니까 꼼짝도 하지 않는 곰 인형이 메이드들에게 차례차례 포옹을 받고 있었다.

내가 돌아왔다는 것을 눈치챈 에이브럼은—.

"오오, 수고 많았습니다! 자, 그 핑크 네로이드를 여기에……."

—라고 말하면서 곰 인형 쪽으로 오라고 했다.

"어이, 아쿠아. 진짜로 이 곰 인형 안에 피클스란 사람이 있는 거야? 너, 심심해서 우리를 놀리는 거 아니지?"

"무슨 소리를 하는 거야. 이건 전부 이 아저씨가 바란 일이거든? 생전에는 메이드들을 건들고 싶었는데 그러지 못했나 봐. 성실하고 엄격한 당주답게 행동하느라 항상 자신의 욕망을 억눌러 왔다네."

"그냥 턴 언데드로 성불시키는 편이 낫지 않아?"

내가 그렇게 말하자 에이브럼은 미안하다는 듯이 머리를 긁적이며 말했다.

"아버님도 생전에는 무리를 하신 거겠죠. 하다못해 죽은 후에는 마음대로 행동하게 해드리고 싶군요. 부디 여러분도 협력해주셨으면 합니다."

아버지의 소망을 꼭 들어주고 싶은 듯한 에이브럼이 나를 똑바로 쳐다보며 그렇게 말해서 나는 말문이 막혔다.

그래.

나도 죽기 전에 하고 싶었던 일이 잔뜩 있었으니까 이 세상에 오게 된 것이다.

그렇게 생각하니 메이드들에게 포옹을 받는 것 정도는 딱히……

내가 그런 생각을 하고 있을 때, 곰 인형을 쳐다보며 고개를 끄덕이던 아쿠아가 입을 열었다.

"다음에는 메구밍에게 포옹을 받고 싶나 봐."

"……뭐, 겉보기에는 귀여운 곰 인형이니까 포옹 정도는 해줄 수 있어요."

이 피클스란 녀석은 오이 절임 같은 이름을 지닌 주제에 기고만장하게 굴기 시작했는걸.

내가 미심쩍은 시선을 보내자 아쿠아는 메구밍에게 안겨 있는 곰 인형에게 귀를 기울이더니 또 흠흠 하며 고개를 끄덕였다.

"저 평민 면상의 남자가 마음에 안 드니까, 누군가 저 녀석을 때려달라네."

"좋아, 이 곰 인형 자식아! 확 우리 집 걸레로 삼아주마!"

"기, 기다려! 마, 맞아달라는 건 아니지만, 아버님도 생전의 소망이 이뤄져서 좀 들떴을 뿐이야! 용서해다오!"

메구밍한테서 곰 인형을 빼앗은 내가 그것을 걸레처럼 쥐어짰고 에이브럼이 필사적으로 말리면서 그렇게 말했다.

"그런데, 이 곰 인형의 부탁을 언제까지 들어줘야 하는 거죠? 이미 억지를 많이 들어줬다고 생각하는데요."

그 모습을 방관하고 있던 메구밍이 그렇게 말해서 나는 퍼뜩 눈치챘다.

"그래. 이 녀석은 성불할 기색이 전혀 없잖아. 어이, 아쿠아. 다음에 무리한 요구를 하면 그냥 턴 언데드를 걸어버려."

"잠깐만! 아버님은 지금까지 선정을 펼쳐 오셨다! 백성들에게 사랑받는 당주였단 말이다! 하다못해 최후의 순간에는 편안히 가실 수 있도록 도와다오!"

에이브럼을 곁눈질한 아쿠아는 또 곰 인형의 말에 귀를 기울였다.

"『그럼 장난은 그만 치고 본론에 들어가도록 할까. 사실 이 집의 지하실에 내 망상이 가득 담긴 부끄러운 일기를 숨겨뒀다. 그것을 처분해줬으면 한다』라고 말하네."

"역시 장난이었던 거냐! 어이, 턴 언데드를 걸 필요도 없어! 이 녀석을 확 난로에 넣어버리자고!"

내가 한사코 말리는 에이브럼을 질질 끌면서 아쿠아에게서 빼앗은 곰 인형을 난로에 집어넣으려고 한 바로 그때였다.

"기다려라, 카즈마. 그 일기만 처분해준다면 성불한다니까, 잠시만 참도록 하자. 귀족에게는 말 못할 고민이 있는 법이다."

나에게서 곰 인형을 빼앗은 다크니스가 그것을 감싸주려는 듯이 꼭 끌어안으며 쓴웃음을 지었다.

옆에 있는 에이브럼이 고개를 끄덕이는 가운데, 아쿠아가 말했다.

"『그러고 보니 그대는 내가 몰래 마음에 품어왔던, 더스티네스 가문으로 시집간 그 사람을 많이 닮았구나. 자, 사랑스러운 듯이 나를 꼭 끌어안아다오』라네."

"아버님?!"

다크니스는 그 말을 듣더니 복잡한 심정이 묻어나는 표정을 짓고 인형을 힘껏 안았다.

"『볼을 비비거나 가슴 사이에 푹 파묻히게 안아줬으면 좋겠구나. 오랫동안 사모해왔던 그 사람을 더스티네스 가문의 그런 자식에게 빼앗겼으니까. 아버지의 죄를 갚는 셈 삼아서, 딸이 그 정도 서비스는 해줘도……』."

"아쿠아, 더는 통역 하지 마라! 카즈마의 말 대로, 이 봉제 인형은 난로에 넣어버리자!"

"다크니스 님, 참으십시오! 그리고 아버님, 이 아들은 아버지의 그런 과거를 알고 싶지 않았다고요!"

5

에이브럼은 놀란 표정으로 중얼거렸다.

"이런 곳에 지하실이—."

우리는 지금은 쓰이지 않는다는 피클스의 침실에서 지하실 입구를 발견했다.

이런 것을 간단히 찾아낸 것을 보면 유령과 대화를 할 수 있다는 아쿠아의 말은 헛소리가 아니라 진실이었던 걸까.

지하실 구석에는 먼지를 뒤집어쓴 책 한 권이 놓여 있었다.

이것이 망상 일기라는 걸까.

봉제 인형을 안아든 아쿠아가 그것을 보면서 입을 열었다.

"『다들 고생했다. 내 통역을 맡아준 프리스트여. 특히 그대에게는 진심으로 감사한다. 그리고 슬렌더하고 귀여운 아가씨, 내 첫사랑을 닮은 여성……. 심부름 말고는 아무 짝에도 쓸모가 없었던 소년이여』."

"어이, 지금부터 이 일기를 소리 내서 읽어주자고. 그리고 인쇄해서 마을에 뿌려야지."

"『귀족 조크였다, 성급한 평민아. 포상을 줄 테니 그러지 말아주세요』라고 말하네. ……저기, 아저씨. 나한테도 포상을 줄 거지?"

나와 아쿠아가 그런 소리를 하고 있을 때, 에이브럼은 일기를 손에 든 채 한쪽 무릎을 꿇었다.

"……아버님. 이것은 제가 책임지고 처분할 테니 안심하십시오. 설마 이런 식으로 다시 뵐 수 있을 거라고는 생각도 못했습니다. 부디 여신 에리스의 곁에서 편안히 쉬시길……."

에이브럼은 그렇게 말하고 손에 쥔 일기를 소중히 끌어안았다.

그런 에이브럼의 앞에 선 아쿠아는 곰 인형을 내려두며 입을 열었다.

"『아들아, 그러고 보니 어릴 적부터 너를 그다지 챙겨주지 못했구나. 이건 아버지로서의 유언이다. 너는 나처럼 참지 말고, 마음껏 메이드들에게 장난을 치거라……』."

아쿠아는 엄숙하면서도 상냥한 목소리로 피클스의 마지막 말을 전달했다.

……일단 지금은 감동의 작별 장면 같지만 두 사람의 대화 내용과 모습에서는 비장미가 전혀 느껴지지 않았다.

곰 인형 앞에서 아버지의 부끄러운 망상이 적힌 일기를 안아드는 청년 귀족이 눈물을 흘렸다.

그런 부모자식의 모습을 본 다른 녀석들도 아나나 다를까…….

"……훌쩍."

"……냉큼 작별을 마쳐라. 나 또한 신을 모시는 크루세이더로서, 소소하게나마 기도를 올리도록 하지……."

그렇게 말한 뒤 눈물을 흘리고…… 어라?!

왜 메구밍과 다크니스까지 우는 거지?!

내가 이상한 거야?

감동을 하지 않는 내가 이상한 거냐고!

"……피클스에게 남겨진 시간은 얼마 안 되는 것 같네. 자, 마지막 작별 인사를 나눠. 이제는 진짜로 두 번 다시 못 만나니까, 후회가 남지 않도록 말이야."

아쿠아는 엄숙한 목소리로 그렇게 말했고―.

에이브럼은 눈물을 하염없이 흘리며 곰 인형의 손을 잡았다.

"메이드를 향한 아버님의 행동을 보고, 제가 당신의 아들이라는 확신을 가졌습니다. 지금이라면 이 일기 안에 어떤 부끄러운 내용이 적혀 있을지 상상이 됩니다. 저 또한 아버님과 같은 상상을 한 적이 있으니까요……. 아버님, 내세에서도 건강하십시오. 뒷일은 저에게 맡겨 주세요……."

분위기가 가라앉은 가운데, 아쿠아는 부드러운 미소를 머금더니―.

"『역시 내 아들이다. 이만큼이나 나를 닮을 줄은 몰랐구나. 더스티네스 가문으로 시집을 간 그녀를 잊지 못한 나머지, 나는 결혼을 하지 않았지. 후계자가 필요해 어린 너를 양자로 삼았다만, 설마 이렇게 나를 따를 줄이야……. 지금이니까 하는 말인데, 네 어머니가 유행병으로 죽었다는 말은 거짓말이다. 애초에 그런 사람은……』."

거기까지 말한 후 말을 멈췄다.

"······어."

마지막에 와서 폭탄 발언을 듣고 만 에이브럼은 곰 인형을 손에 쥔 채 그대로 굳어버렸다.

"······아무래도 아무런 후회도 남기지 않고 성불한 것 같아."

"「애초에 그런 사람은······」 후에는 뭐라고 했죠?! 왜 하던 말을 끝까지 잇지 않고 성불한 건가요?! 저는 대체 누구의 자식인 건가요?! 아버니이이이이이임!!"

—트란잠 저택을 나선 우리는 매우 미묘한 표정을 짓고 집으로 향했다.

"저기······. 그 사람, 다시 일어설 수 있을까?"

"아, 아마 괜찮을 테지. 트란잠 님은 보기보다 강한 정신력을 지닌 분이니까 말이다! 그래, 분명 괜찮을 거다!"

나는 다크니스가 당황한 어조로 한 말을 듣고 위화감을 느꼈다.

"그러고 보니 너는 아까 그 사람과 아는 사이지?"

"아, 아니다!! 내가 어떻게 트란잠 님을 알겠느냐! 상대는 귀족이다! 나 같은 평민과 접점이 있을 리가—."

"그것도 그래. 네가 귀족과 접점이 있을 리가 없는걸. 성질 급하고 매사에 대충인 녀석이니까 말이야. 귀족 가문의 의뢰라서 귀족 아가씨라도 볼 수 있을 줄 알고 기대했는데, 좀 실망이네······."

"뭐……."

허둥지둥 말을 늘어놓던 다크니스가 내 말을 듣고 움직임을 멈췄다.

"카즈마는 귀족 아가씨를 좋아하나요? 뭐, 동경하는 심정 자체는 이해해요. 그런 아가씨라면 정숙하고 조신한……."

"응. 그리고 찻잔보다 무거운 건 들어본 적 없는 데다, 고블린 같은 것과 마주치면 그대로 기절해버릴 만큼 심약할 거야."

"으으……."

나와 메구밍의 대화를 들은 다크니스가 신음을 흘렸지만 이 녀석이 기행을 보이는 건 어제 오늘 일이 아니기에 그냥 내버려뒀다.

"그래도 오늘 의뢰는 잘 해결됐네. 의뢰인에게 고맙다는 말도 들었고, 보수도 많이 받았잖아. 자그마치 100만 에리스야, 100만 에리스! 이 돈이면 당분간은 놀고먹을 수 있겠네!"

"이, 인마. 진짜로 의뢰를 잘 해결했다고 생각하는 거냐?"

아마 에이브럼은 아버지가 하려다 만 말 때문에 평생 고민할 것이다.

"당연하잖아. 원래라면 마지막 작별 인사도 나누지 못했을 거야. 그러니 나한테 고마워하는 게 당연하지 않아? 그리고 이것도 봐. 남은 고급 핑크 네로이드도 통째로 줬다니깐. 오늘 밤에는 이걸로 파티하자."

"어이, 피클스가 진짜로 그 술을 사오라고 한 거 맞지? 네가 마시고 싶어서 지어낸 소리 아니지? ……아무튼, 나도 맛 좀 보자."

아쿠아는 핑크색 액체가 들어 있는 병을 꼭 끌어안더니―.

"어쩔 수 없네. 뭐, 술은 혼자보다는 여럿이서 마시는 편이 맛있는 데다, 덤으로 얻은 술이잖아! 오늘 밤에는 『아쿠아 님이 열심히 일한 기념일』파티를 개최하자!"

아쿠아는 환한 미소를 지었다.

6

심야.

저택에 돌아온 우리는 평소보다 조금 비싼 식사를 준비한 후 고급품인 핑크 네로이드를 마시고 잠자리에 들었다.

그런 와중에 나는 한밤중에 깼다.

술을 너무 마셔서 그런지 목이 말랐다.

물을 마시러 아래층에 있는 부엌으로 향하다 거실 난로에서 흘러나오고 있는 불빛이 눈에 들어왔다.

"그렇게 해서, 피클스란 아저씨는 내 활약 덕분에 무사히 성불했어! 에이브럼이란 사람은 좀 울먹거렸지만, 살다 보면 이런저런 일이 있는 법이니까 알아서 잘 할 거야."

거실에는 아쿠아가 있었다.

핑크 네로이드 병을 한 손에 든 채 허공을 쳐다보며 말을 하고 있었다.

평소에도 기행을 저지르는 녀석이지만 딱히 미친 것은 아니다.

아쿠아의 눈앞에는 어제 우리에게 이야기했던 이 저택에 산다는 유령 소녀가 있을 것이다.

아쿠아는 병 안의 내용물을 잔에 따르더니 그것을 테이블 맞은편에 뒀다.

그러자 잔 안의 내용물이 서서히 줄었다.

아까 말했던 유령도 술을 마실 수 있다는 이야기는 사실인 걸까?

술집 배달 의뢰를 맡았던 내가 덤으로 받아왔던 술이 사라졌을 때 아쿠아는 분명 이렇게 말했다.

「내가 안 마셨거든?! 분명 이 저택에 사는 유령의 짓이 틀림없어!」라고 말이다.

좀 미안하네. 내일 사과해야겠다.

이야기를 엿듣는 것도 좀 그러니까 빨리 물이나 마시고 돌아가서 잠이나 자자.

"이렇게 비싼 핑크 네로이드를 나눠줬으니까, 카즈마 씨의 술을 네가 몰래 마셨다고 둘러댔던 것도 용서해줄 거지?"

…………

이야기를 더 들어보면 다른 비밀도 알 수 있을지 모른다.

나는 계단 뒤편에 숨어서 잠복 스킬로 모습을 감췄다.

"뭐~? 용서해주는 대신, 이세계 이야기를 또 해달라는 거야? 너도 참 그 이야기를 좋아하는구나."

잔을 한손에 든 아쿠아는 질렸다는 듯 고개를 저었다.

"좋아. 오늘은 내가 이 세상에 오기 전에 어떤 생활을 했는지 이야기해줄게. 트랙터에 경작될 뻔 했던 카즈마 씨가 우스꽝스럽게 죽어서 내 앞에 오기 전의 일이야."

그렇게 말한 아쿠아는 유령 소녀에게 옛날이야기를 해주기 시작했다.

틈틈이 내 험담을 섞으면서 이야기를 늘어놓았기에 확 뛰쳐나가서 따끔한 맛을 보여주고 싶었다.

"―뭐, 나는 천계에서 매우 위대하고 숭고한 존재였어. 수많은 천사들이 나를 떠받들며 시중을 들었다니깐. 원하는 걸 뭐든 먹고 마실 수 있었지. 그야말로 아무런 불편 없는 생활을 했어."

저 녀석이 진짜로 천사들에게 떠받들어졌는지 미심쩍은걸.

"그러던 어느 날, 그 남자가 내 앞에 나타났어! 나를 억지로 이 세상에 끌고 와놓고, 완전 함부로 대한다니깐! 전혀 숭배하지 않아! 대체 나를 뭐로 생각하고 이러는 건지 모르겠어."

나도 너를 데려온 것을 후회한다고 확 말해주고 싶다.

"하지만 지금 생각해보면, 카즈마 씨는 소심한 구석도 있으니까 혼자서 이세계에 가는 게 쓸쓸했던 거야. 하아, 카즈마는 못 말린다니깐. 똑 부러지는 것 같지만, 의외로 얼빠진 구석이 있거든. 그런 만큼, 내가 돌봐줘야 해."

진짜로 확 튀쳐나가서 저 녀석을 두들겨 패주고 싶다.

이 입으로 그런 소리를 지껄인 거냐고 외치며 입을 잡아당겨버리고 싶다.

"응? 다시 천계에 돌아가고 싶냐고? 으음, 글쎄……."

유령 소녀에게 무슨 말을 들은 듯한 아쿠아가 팔짱을 끼고 고민에 잠겼다.

돌아가. 확 돌아가 버리라고…….

"뭐, 이 세상에 사는 건 여러모로 힘들기는 해. 그래도 메구밍은 이상한 애지만 같이 있으면 심심할 구석이 없고, 다크니스도 이상한 애지만 역시 같이 있으면 심심할 구석이 없거든. 게다가……."

네가 가장 이상한 녀석이라고 말해주고 싶었다.

내가 태클을 날리고 싶은 걸 참느라 끙끙거리고 있을 때 아쿠아는 문득 유령 소녀를 향해 미소를 지으며 말했다.

"카즈마는 너무 약해 빠져서 내가 눈만 뗐다 하면 픽 죽어버리거든. 내가 사라지면 아무것도 못할 게 뻔해. 그러니 내가 천계에 돌아가는 건, 이 세상이 평화로워진 후일 거야.

뭐, 애초에 마왕을 해치우지 않으면 돌아가고 싶어도 돌아갈 수 없지만."

어른스러운 척 그런 소리를 늘어놓는 아쿠아를 보고 말로 형용할 수 없는 기분에 사로잡힌 나는 그 자리를 벗어났다.

마력을 쓰고 싶지는 않지만 오늘은 방에 돌아가서 크리에이트 워터로 물을 만들어야겠다.

지금까지는 마왕을 쓰러뜨릴 생각이 없었는데…….

"뭐, 이러쿵저러쿵 해도 지금 생활이 싫지는 않아. 이 마을과 모험가 길드 사람들 중에는 지인도 왕창 생겼거든. 무엇보다, 매일 같이 질릴 겨를이 없다는 점은 정말 만족스러워."

뭐, 내가 엄청 강해져서 마왕을 쓰러뜨릴 가능성이 생긴다면 그때는 좀 생각해보도록 할까.

방으로 돌아가기 위해 뒤로 돌아선 나는 어깨 너머로 아쿠아의 목소리를 들었다.

"후후, 이런 이야기라면 얼마든지 들려줄게. ……뭐~? 답례로 카즈마 씨의 비밀을 가르쳐주겠다고? 호오, 어디 한 번 들어볼까."

…………

"카즈마는 방에 혼자 있을 때, 그런 짓을 하는구나. 뭐, 이 세계에 왔으니 오리지널 마법의 연습 같은 걸 해보고 싶겠지. 재미있어 보이니까, 다음에 놀릴 일이 있으면 써먹어야지. ……안뜰에서 혼자 검술 연습을 할 때, 항상 그런 소리를 내는 거야? 「받아라」, 「훗, 하찮은 것을 베어버렸군……」
이구나. 자, 메모해뒀어. 카즈마도 못 말린다니깐. 메구밍한
테 그렇게 잔소리를 늘어놨으면서, 자기는 그런 대사를 짜고
있었다니 말이야."

　나는 그대로 멈춰선 후 볼을 타고 흐르는 땀을 닦았다.

　더는 듣고 싶지 않다.

　하지만 어디까지 들킨 건지 확인해야―.

　"카즈마의 기행을 더 가르쳐줘. 다음에 혼날 것 같으면,
그걸 가지고 협상할래. ……옷장 안이 아니라, 옷장 위? 거
기에 뭘 숨겨둔 건데?"

　나는 그대로 뒤돌아선 후 저 대화를 막기 위해 계단을 뛰
어 내려갔다.

액셀의 폭렬 탐정

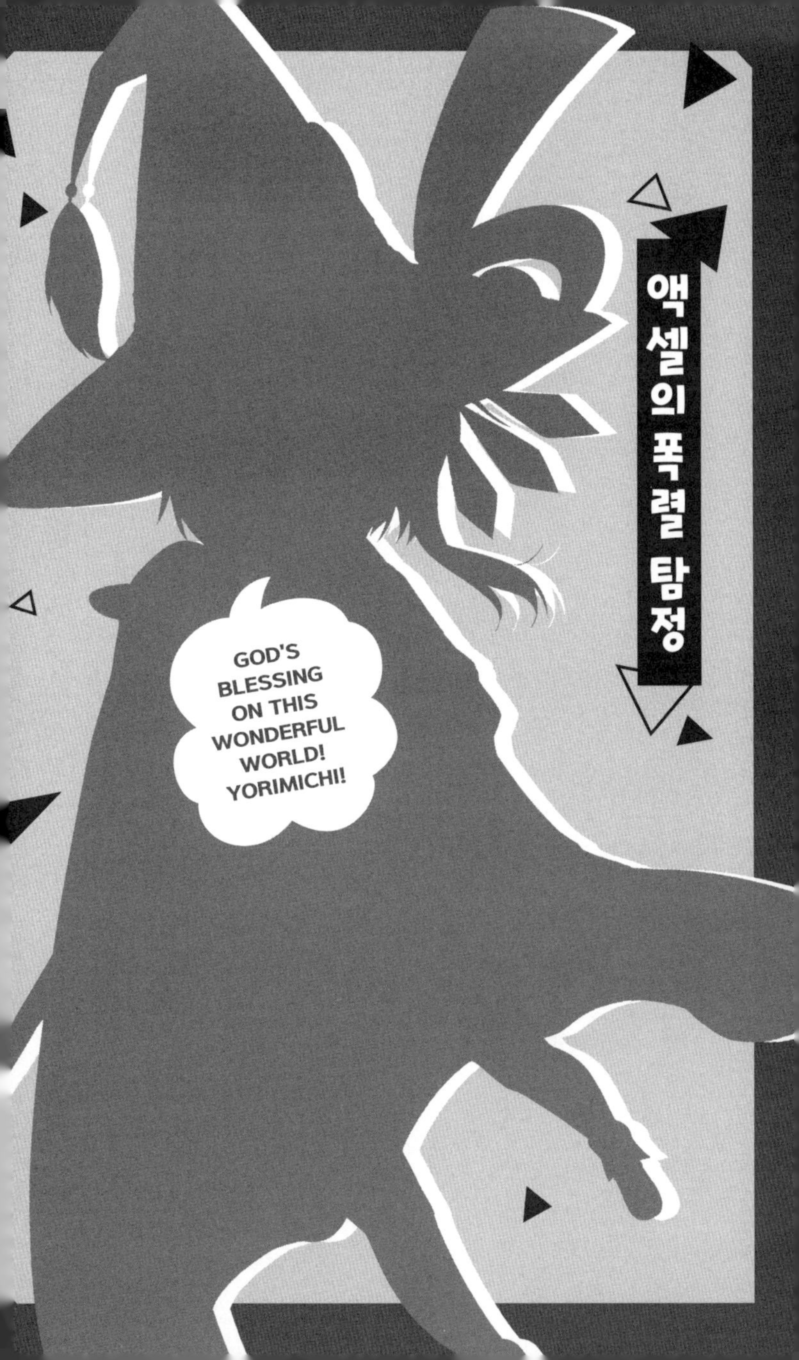

2

"—정말 죄송합니다! 무고한 분을 이렇게 의심하다니……
정말 면목이 없습니다!"

"일 좀 제대로 하라고요! 애초에 폭발 사건이라는 말을 듣
자마자 저를 가장 먼저 떠올린 이유를 모르겠네요! 어디, 납
득이 되도록 설명해주실까!"

취조를 마친 메구밍은 경찰서의 높으신 양반을 데리고 돌
아왔다.

거짓말을 감지하는 마도구는 아무런 반응도 보이지 않은
것 같았다.

"혐의가 풀렸으니까 그쯤 해. 뭐, 나는 처음부터 이렇게
될 거라고 믿었지만 말이야."

"나도 메구밍이 그런 짓을 할 애가 아니라고 믿었어. 딱히
찔리는 구석은 없지만, 메구밍에게라면 난로 앞의 특등석을
양보해줄 수도 있어."

"자, 이 추운 날씨에 경찰서까지 다녀오느라 메구밍도 꽤
추울 거다! 오늘은 내가 고급 식재료를 사왔으니, 그걸로 맛
있고 따뜻한 음식을 만들어 주마!"

"어이, 냉큼 태도가 돌변한 너희 셋도 평소에 나를 어떻게
생각했는지 말해보실까!"

여전히 분이 풀리지 않은 메구밍을 향해 몇 번이나 고개를 숙이며 사과하던 높으신 양반이, 다시 자세를 똑바로 한 후 고개를 깊이 숙였다.

"다시 한 번, 진심으로 사과드립니다. 당신이 사토 카즈마 씨죠? 소문을 들었습니다. 마왕군 간부 베르디아를 토벌하고, 기동요새 디스트로이어 파괴에 공헌하셨다던데……."

그렇게 말한 높으신 양반은 나를 향해 미소 지었다.

스무 살 정도로 보이는 이 사람은 밤색 머리카락을 길게 기른 상당한 미인이었다.

"아, 그렇게 대단한 일을 한 것도 아니지만요. 그저 모험가로서의 긍지 때문에 도망칠 수가 없었다고 할까요……."

내가 자랑스레 그렇게 말하자 서장님은 환한 표정을 짓고 이렇게 말했다.

"사토 씨는 정말 대단하시군요! 듣자하니 이 저택도 사토 씨 소유라면서요……?! 분명 베르디아 토벌과 디스트로이어 파괴로 막대한 상금을 받으셨을 테죠! 아, 소개가 늦었어요! 저는 경찰 부서장이자, 벗으면 에로틱하다고 소문이 자자한 로리에리나라고 해요. 앞으로 잘 부탁드립니다!"

로리에리나는 그런 말을 늘어놓고 나에게 대시했다.

뭐, 따지자면 나는 이 마을의 영웅이나 다름없으니 이런 대접을 받는 것도 당연하기는 했다.

"자, 잘 부탁해요. 뭐, 상금이 많기는 했는데 여차여차 하다 보니 오히려 빚을 지고 말았지만요. 이야, 그건 그렇고 그때는 정말 대활약을—."

"그럼 오늘은 이만 가보겠어요. 그럼 메구밍 양, 실례했습니다."

빚이라는 단어를 듣자마자 로리에리나는 바로 사무적인 태도를 취했다.

……이렇게 되는 것도 당연하다면 당연하지만 말이다.

"로리에리나 님. 우리 파티의 메구밍이 혐의를 벗었는데, 다른 용의자가 있긴 한 것이냐?"

"아, 그게……. 설마 마을 밖에서 이유도 없이 폭발 소동을 일으키는 사람이 메구밍 양 말고 더 있을 거라고는 상상도 못해서……."

"어이, 방금 나를 언급한 이유를 말해보실까."

나는 시뻘게진 눈을 반짝이며 발끈하고 있는 메구밍에게 그녀의 평소 행실을 이야기해주고 싶어졌다.

"뭐, 이걸로 우리와 상관없는 일이라는 게 증명됐으니 됐잖아. 뭐든 우리 탓이라 넘겨짚는 건 좀 그렇지만 말이야."

내가 별생각 없이 그렇게 말하자—.

"맞아. 메구밍 이외의 폭발 관련 전문가가 소동을 일으켰을 뿐이잖아. 하지만 메구밍이 의심 받을 정도인 걸 보면, 그 범인은 상당한 수준의 폭발계 마법을 쓰나 보네. 어쩌면 메구밍을 능가하는 폭렬마법을 쓰는 걸지도 몰라."

난로 앞에서 무릎을 꼭 끌어안고 앉아 있던 눈치 없는 녀석이 그런 괜한 소리를 늘어놓았다.

3

다음 날.

"우선 사건을 조사해보죠. 홍마족의 뛰어난 지력을 살려서 범인을 추리해 보는 거예요."

메구밍은 꼭두새벽부터 나를 깨우더니, 졸려서 눈가를 비비고 있는 나를 데리고 조사를 하러 나섰다.

우리는 현재 모험가 길드로 향하고 있었다.

아쿠아가 괜한 말을 한 바람에 예의 그 범인을 상대로 경쟁심을 불태우게 된 메구밍이 그 녀석을 잡겠다고 말한 것이다.

이 녀석 혼자였다면 알아서 하라며 내버려뒀겠지만 그 자리에 이 사람이 있었던 것이 문제였다.

"잘 부탁해요, 메구밍 양! 부서장 특권으로 다소 무모한 수사도 가능해요!"

나와 메구밍의 뒤를 로리에리나가 쫓아오고 있었다.

"……우리가 좋아서 하는 거니까 그냥 돌아가셔도 되는데요"

"아뇨. 아무리 모험가라도 일반인끼리 위험한 폭발마를 쫓는 수사를 하게 둘 수는 없으니까요. 게다가 부서장까지 올라간 저의 직감으로는, 두 분을 따라다니다 보면 이 사건이 분명 해결될 거라는 느낌이 들어요. 아, 메구밍 양을 여전히 의심하고 있어서 감시하는 건 아니에요. 이참에 협력을 해두면, 두 분의 동료인 더스티네스 경에게 빚을 지우는 것과 동시에 연줄을 만들 수 있을 거라고 생각했을 뿐이거든요!"

로리에리나는 본심을 전혀 숨기지 않고 그런 쓰레기 같은 발언을 환한 목소리로 늘어놓았다.

아무래도 마음속으로는 여전히 메구밍을 의심하고 있는 것 같았다.

경찰 부서장과 단둘이 다니게 했다간, 메구밍이 딴 사건을 저질러서 바로 잡혀갈 것만 같았다.

그래서 나도 이렇게 협력하게 된 것이지만…….

"뭐, 어쩔 수 없지. 그럼 우선 탐문부터 하자."

그런 이야기를 나누는 사이에 길드에 도착한 우리는 바로 탐문을 시작했다.

참고로 다크니스는 독자적인 연줄을 이용해 사건을 조사하겠다면서 우리와 마찬가지로 아침 일찍 집을 나섰다.

괜한 소리를 늘어놓아서 이 사태를 초래한 장본인은 난로 앞에서 벗어나려고 하지 않는 데다, 그다지 도움이 될 것 같지 않았기에 집에 두고 왔다.

나와 메구밍은 아직 이른 아침이라 한적한 접수 카운터

쪽으로 향했다.

"저기, 물어볼 게 있는데요. 요즘 소문이 자자한 폭발 사건 관련으로 확인하고 싶은 게 좀 있어요."

"어머, 사토 카즈마 씨. 좋은 아침이에요. 폭발 사건……이라고요? 앗?! 당신은 로리에리나 씨?! 그리고 메구밍 양까지……!
……폭발 사건…… 메구밍 양…… 경찰……. 뭘 확인하고 싶은 건지 알겠군요. 저도 메구밍 양이 범인이라고 생각해요."

"어이, 어떤 착각을 한 건지 나한테 털어놔보실까!"

메구밍이 접수처를 담당하는 길드 직원에게 달려들려고 했지만 로리에리나가 그 오해를 풀어주기 위해 끼어들었다.

"아, 무슨 생각을 한 건지는 알겠지만 그렇지 않아요. 메구밍 양은 이미 조사를 받았는데, 어떻게 된 건지 거짓말을 감지하는 마도구가 반응을 하지 않았어요."

"정말인가요?! 마도구가 고장 났을 가능성은……."

"아, 그럴 일은 없어요. 그 마도구는 우리 경찰서의 최신식 마도구인 데다, 전날까지만 해도 아무 문제없이 작동했죠. 그래서 당초만 해도 간단히 해결될 거라 여겨졌던 이 사건이 다시 미궁에 빠져버리고 말았어요……."

"어이, 나한테 시비를 거는 거라면 얼마든지 받아주겠다."

아쉽다는 표정으로 고개를 갸웃거리고 있는 두 사람을 새빨갛게 빛나고 있는 눈으로 쳐다보기 시작한 메구밍을 말리면서, 나는 목적을 달성하기로 했다.

"여기에는 이 마을에 있는 폭발계 마법 사용자를 확인하러 온 거예요. 모험가 중에 그런 마법을 쓸 수 있는 사람이 있나요?"

폭발계 마법은 크게 세 가지가 있고 작렬마법, 폭발마법, 폭렬마법이다.

작렬마법은 암반을 파괴할 수 있을 정도의 강력한 위력을 자랑하면서 소비 마력 면으로도 뛰어난 우수한 마법이고, 폭발마법은 하루에 몇 번 겨우 쓸 수 있을 만큼 소비 마력이 많지만 대부분의 몬스터를 한 방에 해치울 수 있는 엄청난 파괴력을 지녔다.

"작렬마법을 쓸 수 있는 우수한 분이라면 금방 레벨을 올려서 다른 마을에 가버려요. 그리고 폭발마법을 쓸 수 있는 사람은 이 나라를 다 뒤져도 얼마 안 되고요. 축제 시즌이라면 불꽃축제 요원으로 이 마을을 찾아오기도 하지만 이 시기에는 없어요. 마도구점의 점주 분이나 메구밍 양 말고는 그 계통의 마법을 쓸 수 있는 사람이 없지 않으려나요……."

"……혹시나 해서 묻겠는데, 진짜로 메구밍 양이 한 짓이 아닌 거죠?"

"또 그 소리예요? 아니라고 말했잖아요!"

나는 로리에리나를 상대로 발끈하는 메구밍을 보면서 생각을 정리했다.

이 마을에서 메구밍 이외에 폭렬마법을 쓸 수 있는 사람은 위즈뿐이지만 그녀를 의심하는 것은 무리다.

그런 짓을 벌일 동기가 없으니까.

……동기?

"그래, 동기야! 어쩌면 이건 메구밍에게 원한을 가진 누군가가, 메구밍에게 누명을 씌워서 범죄자로 만들려고 꾸민 작전일지도 몰라. 어이, 메구밍. 너, 누군가에게 원한을 산 적은 없어?"

"그런 적 없어요. 저희 파티 안에서도 가장 행실이 바르다고 자부하니까요."

그 자신감은 대체 어디서 샘솟는 거냐.

바로 그때, 접수처 직원이 송구하다는 표정을 짓고 입을 열었다.

"저기……. 실은 여러 곳에서 메구밍 양에게 항의가 들어오고 있어요……. 고블린 사냥을 하러 갔는데 메구밍 양이 폭렬마법을 날려서 사냥감을 독차지한 걸로 모자라 마법에 휘말릴 뻔 했다거나, 강의 형태가 훼손되니 폭렬마법으로 생선을 잡지 말아달라거나……. 그 외에도 다양한 항의가……."

메구밍은 그 말을 들은 뒤 귀를 막으며 고개를 돌렸지만 접수처 누님은 계속 말을 이었다.

"그리고 모험가는 신체능력이 뛰어난 만큼, 아무리 자기 이름을 비웃었다고 해도 일반인에게 달려들지는 말아주셨으면 좋겠네요."

"죄송한데, 이 녀석 좀 체포해주지 않겠어요?"

"그래요. 체포하도록 할까요. 아니, 그냥 메구밍 양이 범인인 걸로 해도 괜찮지 않을까 싶군요."

"잠깐만요. 저도 나름 반성하고 있단 말이에요! 그, 그것보다 저를 원망하는 사람이 의외로 많다는 게 판명됐네요! 그 사람들 중에 범인이 있을 거예요!"

메구밍은 그렇게 말하자마자 근처에 있던 모험가 중 한 명에게 느닷없이 달려들었다.

"우오옷?! 뭐, 뭐야, 메구밍이잖아! 이러지 마! 갑자기 뭐 하는 거냐고!"

"어제 저와 다퉜던 당신에게는 연속 폭발 사건의 혐의가 있어요! 자, 같이 경찰서까지 가주실, 아얏!"

메구밍의 뒤통수를 후려쳐서 말린 나는, 그 모험가를 향해 고개를 숙였다.

"이 바보를 대신해 사과할게. 그건 그렇고, 어떻게 된 건지 이야기 좀 해주지 않을래? 이 녀석과 어제 다퉜다고 들었는데, 어떤 경위로 다투게 된 건지 알려주지 않겠어?"

메구밍이 목을 조른 탓에 거품을 물었던 모험가가 기침을 토하며 목을 매만진 후 입을 열었다.

"그게 말이야. 어제 게시판에 붙은 퀘스트를 둘러보며 걷다 메구밍과 부딪쳤거든. 그래서 「미안해. 게시판 위쪽을 쳐다보느라 있는 줄 몰랐어」라고 말하며 사과했더니 「저를 땅딸보 취급하는 건가요?!」라고 하면서 갑자기 달려들더라고……."

"다툰 게 아니라 네가 일방적으로 시비를 건 거잖아!"

"아얏! 아, 아니에요! 모험가는 얕보이면 끝장이니까……!"

이 녀석은 진짜로 체포되는 편이 낫지 않을까.

"그것보다 폭발 사건은 어제부터 시작된 게 아니라, 그 전부터 벌어진 거라며? 그렇다면 이 사람은 아닌 거잖아."

"그것도 그러네요……. 그럼 지난주에 가슴크기 관련으로 논의를 벌인 끝에 다퉜던 마리벨 씨를 연행해 올게요."

"그러니까 아무나 함부로 연행하지 말라고! 그리고 툭하면 남들과 다투고 다닌 거냐! 네가 무슨 무법자냐고!"

나와 메구밍의 대화를 듣고 약간 질린 반응을 보이던 로리에리나는 경찰 부서장으로서의 소임이 떠올린 건지, 메모장을 한손에 들고 메구밍을 향해 돌아섰다.

"메구밍 양, 짚이는 분이 있다면 전부 이야기해주지 않겠어요? 숫자가 많으면 저희 쪽 사람을 보내서 조사하겠어요."

로리에리나가 진지한 표정으로 그렇게 말하자, 메구밍은 술술 이름을 언급했다.

"우선 아까 말했던 마리벨 씨. 그리고 돈이 없던 시기에 제가 하도 가격을 깎아서 물건을 사간 바람에 울상을 지었던 무기점 아저씨, 마도구점 아저씨, 과일가게 아저씨…… 그리고……. 모험가 중에서는 용의자가 너무 많아서 바로 떠오르는 사람이 없네요."

"……농담이 아니라, 이 녀석을 잡아가는 편이 좋을 것 같지 않아요?"

"저희는 문제아 전용 탁아소가 아니지만 어쩔 수 없군요. 그럼 메구밍 양, 자세한 이야기는 경찰서에서 듣겠어요."

"잠깐만요! 좀 기다려…… 아앗!"

로리에리나에게 연행 당하게 생긴 메구밍이 갑자기 고함을 지르고 몸을 날렸다.

"범인으로 짚이는 사람이 있어요! 두 사람 다 따라오세요!"

4

그 애는 액셀 마을 도서관에 있었다.

잔뜩 놓여 있는 테이블 중에서 가장 구석 자리에 얌전히 앉아 책을 읽고 있었다.

"이런 곳에 있었군요! 진범 윤윤, 드디어 찾았어요!"

"어?! 메, 메구밍?! 느닷없이 무슨 소리를 하는 거야?!"

그 사람은 메구밍의 자칭 라이벌인 홍마족, 윤윤이었다.

메구밍은 도서관의 조용한 분위기를 박살내더니 망토를 휘날리며 이름을 밝혔다.

"내 이름은 메구밍! 액셀에서 제일가는 두뇌를 소유한 자이자 진실을 폭로하는 자! 내 라이벌 윤윤! 내 눈이 빨간 동안에는 당신의 계책 같은 건 통하지 않아요!"

"메구밍, 갑자기 나타나서 무슨 소리를 하는 거야?! 그것보다 무슨 소리를 하는 건지 도통 모르겠거든?! 진범은 또 무슨 소리야?!"

메구밍이 도서관 안의 평온한 분위기를 박살내자 융융은 허둥대며 자리에서 일어났다.

융융은 이 소동 때문에 눈썹을 찌푸린 주위 사람들을 향해 열심히 고개를 숙였다.

나는 그런 융융에게 자초지종을 설명했다.

"실은 이 마을 인근에서 매일같이 정체불명의 폭발 소동이 일어나고 있거든."

"메구밍은 바보야! 홍마의 마을에서 한 걸로 모자라서, 여기서도 똑같은 짓을 벌인 거야?! 홍마의 마을에서 그렇게 난리가 났었는데, 아직도 질리지 않았어?!"

"아앗?! 놔, 놔라! 뭐하는 거죠?! 갑자기 뭐하는 거냐고요!"

내 짤막한 설명을 듣고 뭔가를 눈치챈 융융이 울상을 지으며 메구밍에게 달려들었다.

융융은 멱살을 잡고 있던 메구밍을 내팽개치더니 우리를 향해 돌아섰다.

"죄송해요! 메구밍은 머리가 좋은데도 바보라서 나중 일을 생각 안 하지만, 마음 속 깊은 곳까지 썩어빠진 애는 아니에요! 이번에 피해를 받은 분들에게는 저도 같이 사과하러 갈게요! 그러니까, 관대한 처벌을……."

"왜 당신마저도 방금 그 설명만 듣고 제가 했다고 생각하는 거죠?!"

"꺄아~! 아, 아파! 이러지 마!"

우리에게 사과하는 융융에게 메구밍이 달려든 가운데, 로리에리나는 미심쩍다는 듯이 고개를 갸웃거렸다.

"잠깐만 기다려 보세요. 방금 『홍마의 마을에서 한 걸로 모자라서』라고 말했죠? 홍마의 마을에서도 비슷한 사건이 일어났나요?"

"마, 맞아요. 그때는 지나가던 여자 악마한테 뒤집어 씌워서 넘어갔는데, 이번에도 또 같은 짓을 했나 싶어서……."

방금 지나가던 여자 악마에게 뒤집어 씌웠다는 무시무시한 말이 들렸는데…….

나중에 메구밍에게 옛날이야기를 좀 들어봐야겠다는 생각이 들었다.

"그, 그때는 그때, 지금은 지금이에요! 아니에요! 제가 한 게 아니라고요! 다들 그런 눈으로 저를 쳐다보지 마세요. ……그것보다 융융!"

로리에리나로부터 의혹에 찬 눈길을 받던 메구밍은 융융을 손가락으로 가리켰다.

"현재 당신은 액셀 마을 연속 폭발 사건의 용의자예요. 우선 경찰서까지 동행해줘야겠어요!"

"어째서야아아아아아?!"

메구밍이 뚱딴지같은 소리를 늘어놓자, 융융은 비명을 질렀다.

"어째서긴 왜 어째서겠어요. 우선 저와 어떤 관계인지 말해보세요."

메구밍이 그렇게 말하자 융융은 갑자기 얼굴을 붉혔다.

부끄러운지 고개를 숙인 융융은 메구밍 쪽을 힐끔힐끔 쳐다보면서—.

"치…… 친구……."

"그래요, 당신은 저의 라이벌이에요! 아닌가요?"

"마마마, 맞아! 그래! 나는 너의 라이벌이야! 그게 어쨌다는 건데?!"

메구밍은 그렇게 말했고 융융은 울먹거리며 될 대로 되라는 듯이 그렇게 외쳤다.

"인정했군요. 방금 들었다시피, 융융은 저의 라이벌을 자칭하고 있어요! 즉, 라이벌인 저를 시샘해서 이런 짓을 벌였다는 동기가 있는 거죠!"

"뭐어?!"

융융이 충격을 받은 반응을 보이자 메구밍은 말을 이었다.

"게다가 당신은 홍마족 중에서도 저 다음 가는 실력자예요! 천재인 제가 폭렬마법을 쓰는 것에 경쟁심을 느낀 나머지, 폭발계 마법을 습득했더라도 이상할 게 없죠!"

"이상하거든?! 그 논리는 완전히 이상하단 말이야!"

용융이 고함을 지르고 있을 때 메구밍은─.

"그럼 당신에게 묻겠어요. 폭발 사건이 일어난 시간에 당신은 누군가와 같이 있었나요?"

"……호, 혼자였는데……."

메구밍은 그 말을 듣더니 승리를 확신한 것처럼 자신만만한 웃음을 흘렸다.

"그래요. 혼자였군요. 그럼 사건이 일어났을 때, 당신이 마을 안에 있었다는 것을 증명해줄 사람이 한 명도 없는 거네요?"

"…………맞아."

메구밍이 질문을 했고 용융은 풀이 죽은 목소리로 그렇게 대꾸했다.

"들었다시피, 그녀에게는 동기는 물론이고 범행이 가능한 재능이 있을 뿐만 아니라 알리바이도 없죠! 로리에리나 씨, 뒷일을 부탁해요."

"그럼 잠시 경찰서까지 동행을……."

"잠깐만요! 제가 아니에요! 진짜로 아니란 말이에요오오오!"

"─범인이 틀림없을 줄 알았던 용융도 아니었군요. 그렇다면 원한 범죄일 가능성은 낮다고 봐야할까요……."

경찰서에서 돌아가는 길.

나와 메구밍은 단둘이서 마을 밖으로 향하고 있었다.

"저기, 그 애는 네 친구지? 아무리 라이벌이라고 해도, 친구한테 이런 짓을 하는 건 심하다고 생각해."

"그런가요? 저는 항상 선수 필승의 정신으로 전심전력을 다해 홍마의 마을 친구들을 괴롭혔는데요."

"역시 이 사건은 너에 대한 원한 범죄일 가능성이 크다고 봐."

나는 메구밍과 함께 정문을 나선 후 오늘의 폭렬 포인트를 찾기 시작했다.

그렇다. 일부러 마을 밖까지 나온 것은 메구밍의 정신 나간 일과를 소화하기 위해서였다.

"이럴 때는 자중해줬으면 좋을 것 같은데……."

"무슨 소리를 하는 거죠? 그랬다간 범인에게 진 거나 다름없잖아요. ……아니, 애초에 이것이야말로 범인의 목적일지도 몰라요! 제가 더는 폭렬마법을 쓰지 못하게 하려고……! 그렇다면 용의자는 제가 낸 구멍을 메우는 토목공사 인부분들일까요? 하지만 아가씨 덕분에 일거리가 늘었다며 고맙다는 말을 들은 적이 있는데……. 헉?! 혹시 이건 저의 힘을 두려워한 마왕군의……."

바보 같은 소리를 늘어놓기 시작한 메구밍을 보니 이 녀석의 지능이 뛰어날 리가 없다는 생각이 들었다.

"자, 이쯤이면 괜찮겠지. 추우니까 근처에서 마치고 돌아가자."

"이 근처에는 눈이 쌓여 있지 않잖아요. 눈이 더 쌓여 있는 장소가 좋아요. 폭렬마법으로 새하얀 캔버스를 제 색깔로 물들이는 게 재미있거든요."

"……아하, 눈이 쌓여 있는 곳에 소변을 갈겨서 녹이고 싶은 거나 마찬가지구나."

"아니에요! 홍마족의 숭고한 본능과 카즈마의 저열한 습성을 똑같이 취급하지 말아주세요!"

메구밍의 억지에 어울려주기로 한 우리는 눈이 많이 내린 숲 근처로 향했다.

"숲 속에서 쏘면 나무꾼 조합 사람들이나 사냥꾼 조합 사람들한테 혼나거든요. 이 근처에서 쏘죠."

"네 인생은 왜 이렇게 혹독한 거야? 매일 적을 늘리지 않으면 직성이 풀리지 않는 거야? 좀 평온하게 살 생각은 없어?"

"제가 걷는 건 수라의 길이에요. 그런 물러터진 인생은 개한테나 주라고요. 자, 그럼 할게요! 나의 힘을 똑똑히 보거라!"

메구밍은 그렇게 말하면서 힘찬 목소리로 마법을 영창하더니…….

"『익스플로전』──!!"

숲 인근의 평원을 향해 메구밍이 혼신의 힘을 다한 폭렬마법을 날렸다!

─바로 그때였다.

나는 먼 곳에서 폭발음이 들려온 느낌이 들었다.

다음 날.

"그런 이유로, 메구밍 양에게는 폭렬마법 금지령이 내려졌어요. 메구밍 양이 범인이 아니라고는 해도, 진범이 밝혀지지 않는 이 상황에서는 자제해 주셨으면……."

"거절한다."

또 우리 저택에 온 로리에리나가 메구밍과 대치했다.

아니나 다를까, 우리가 일과를 수행하러 마을을 나갔다가 돌아오는 사이에 숲 속에서 폭발이 관측됐다고 한다.

현 시점에서 확실한 것은 메구밍이 마법을 쏘러 가면 범인 또한 그 타이밍에 마법을 쓴다는 점뿐이다.

일단 어제 동행했던 내가 메구밍의 알리바이를 증명해줬지만 결국 사건이 해결될 때까지 폭렬마법 금지령이 내려지고 말았다.

"당신은 저에게 죽으라고 말하는 건가요? 홍마족은 마력이 넘쳐나는 무투파 종족이에요. 적절히 마법을 써서 마력을 소모해주지 않으면 죽는단 말이에요. 만약 내가 며칠 동안 마법을 쓰지 않는다면, 폭주한 나의 힘에 의해 이 마을은 소멸해버리고 말 것이니라."

"인마, 거짓말 좀 늘어놓지 마. 진짜로 그렇다면, 홍마족은 마법을 익히기 전에 전부 죽어버린다는 거잖아."

로리에리나를 어떻게든 설득하려던 메구밍이 훼방을 놓지 말라는 듯이 나를 올려다본 바로 그때였다.

　『긴급 퀘스트! 긴급 퀘스트! 마을 안에 계신 모험가 여러 분은 서둘러 모험가 길드에 모여 주십시오!』

　긴급 퀘스트를 알리는 안내 방송이 메구밍의 말을 막았다.

　"모험가 여러분, 이렇게 모여 주셔서 감사합니다! 실은 겨울잠에서 깨어난 일격곰 무리가 이 부근의 밭을 어지럽히고 있어요! 그 숫자는 열 마리가 넘고, 밭의 작물만으로는 만족하지 못할 테죠. 그러니 먹잇감을 찾아 이 마을 인근까지 몰려올 게 틀림없어요! 여러분, 서둘러 전투태세 및 요격 준비를 해주세요!"

　장비를 갖추고 길드에 가보니 절박한 표정을 지은 길드 직원이 몇 번이나 되풀이해서 설명을 하고 있었다.

　일격곰이란 그 무시무시한 이름대로 강력한 앞발로 날리는 일격이 특기이며 베테랑 모험가라도 방심했다간 당할 수도 있는 강적이다.

　그런 일격곰이 무리를 지어서 몰려오다니 대체 무슨 일이 벌어진 것일까.

　"일격곰 무리……. 풋내기 모험가 분들이 그런 몬스터를 상대하려고 했다간, 사상자가 발생하고 말 거야!"

　우리를 따라온 로리에리나는 새파랗게 질린 얼굴로 그렇

게 외쳤다.

그런 로리에리나의 말을 들은 모험가들이 한 마디씩 했다.

"네 말대로 우리 중에 누군가는 죽겠지. 그래도 마을 사람들을 지키기 위해 싸우는 게 우리 모험가의 일이거든."

"맞아. 우리는 그러려고 모험가가 된 거잖아. 목숨을 잃는 건 이미 각오했다고. 다들, 안 그래?!"

"맞아! 아름다운 아가씨, 뒷일은 우리한테 맡겨줘. 살아서 돌아온다면 술이라도 같이 한 잔 하자!"

"그런 곰은 아무것도 아냐. 이 마을에는 한 마리도 들어오지 못하게 하겠어!"

모험가들이 힘찬 목소리로 그런 말을 늘어놓자 얼굴이 상기된 로리에리나는 영웅을 보는 눈길로 그들을 응시했다.

그런 모험가들은 하나같이 느긋한 표정으로 내 옆을 바라보았다.

그렇다. 지팡이를 든 메구밍을 말이다.

"다들 의욕이 넘치네요. 아무래도 제가 나설 필요는 없겠어요."

"""" 어?""""

평소 같으면 일격곰은 자기 사냥감이라고 말했을 메구밍이 그런 뜻밖의 말을 하자, 이 자리에 있는 모험가들이 그 자리에서 딱딱하게 얼어붙었다.

"에, 에이, 메구밍! 이럴 때야말로 네가 나서야 하잖아! 우리만으로도 어떻게든 되긴 해. 하지만 사상자가 발생할 거라고. 만약 네가 나선다면……."

"그그, 그래! 우리만으로도 어찌어찌 되겠지만, 메구밍이라면 일격에 쓸어버릴 수 있을 거야!"

"일격곰 따위는 아무것도 아니잖아! 메구밍이야말로 진정한 일격마도사라고! 안 그래? 안 그래?!"

"메구밍 씨, 지금이 바로 당신이 나설 때예요! 저는 메구밍 씨가 멋지게 활약하는 모습을 보고 싶어요!"

이 자리에 있는 모험가들은 메구밍이 폭렬마법으로 일격곰을 전부 쓸어버릴 거라고 생각한 것 같았다.

"이렇게 많은 모험가들이 나서는 데다, 다들 의욕이 넘치네. 그럼 이 아쿠아 님이 나설 필요도 없겠어. 저기, 카즈마. 나는 난로의 불이 꺼지지 않도록 유지한다는 중요한 임무를 맡고 있거든? 그러니 오늘은 이만 돌아가 볼게."

""""뭐어?!""""

아쿠아의 기권 선언을 들은 모험가들이 비명을 질렀다.

난로 앞에서 꾸벅꾸벅 기분 좋게 졸고 있는데 내가 깨운 탓에 언짢은 건지, 아쿠아는 한시라도 빨리 돌아가고 싶은 눈치였다.

만약의 경우에는 아쿠아가 소생 마법을 걸어줄 거라고 믿고 있던 모험가들의 얼굴이 새파랗게 질리기 시작했다.

그런 모험가들을 본 메구밍이 과장스러운 목소리로 외쳤다.

"게다가 저는 저기 있는 로리에리나 부서장에게 폭발 사건의 범인으로 의심 받은 걸로 모자라, 폭렬마법 사용을 금지당했어요. 그것만 아니었어도 저의 필살 마법을 선보였을 텐데, 참 아쉽네요. 예. 정말 아쉬워요."

"저, 저기, 메구밍 양?!"

메구밍에게 책임전가를 당한 로리에리나가 당황한 목소리로 그렇게 외쳤다.

자연스럽게 모험가들의 시선이 로리에리나에게 향했다.

"으으…… 메, 메구밍 양. 지금은 비상 상황이에요. 아까 전의 폭렬마법 금지령은 일시적으로 해제할 테니……."

로리에리나는 그 시선을 견디다 못한 나머지 볼을 긁적이며 우물쭈물 그렇게 말했다.

그러자 메구밍은 과장스럽게 고개를 푹 숙였다.

"일시적이라고요? 그건 제가 목숨을 걸고 일격곰을 퇴치한 후에는 또 금지된다는 거죠? 그렇게 생각하니 의욕이 나지 않는다고 할까요……."

"으으으으으. 알았어요오오오오오! 금지령은 풀어드릴 테니, 일격곰 토벌을 부탁드려요!"

6

눈앞의 설원에서, 거대한 곰 무리가 경계심을 드러내며 으

르렁거리고 있었다.

그런 곰 무리와 대치한 이는 자칭 이 마을 제일의 마법사.

나를 비롯한 모험가들은 폭렬마법의 영향권에서 벗어난 일격곰에 대처하기 위해, 언제든 엄호할 수 있도록 메구밍의 바로 뒤편에서 상황을 살피고 있었다.

전원이 마른 침을 삼키며 지켜보는 가운데, 메구밍이 마법을 영창하기 시작했다.

메구밍의 영창을 듣고 있던 나는 그 영창 속도가 평소보다 느린 것처럼 느껴졌다.

모든 모험가들에게 주목을 받고 있기에 일부러 저러는 것 같았다.

이윽고 영창을 마친 메구밍이 지팡이를 힘차게 치켜들었다.

"나의 힘을 똑똑히 맛보여주마! 『익스플로전』——!!!!!!"

지팡이 끝에서 빛이 뿜어져 나오더니 일격곰 무리의 한가운데에 꽂혔다.

엄청난 굉음이 울려 퍼지면서 충격파가 퍼져 나간 후 그 자리에 남은 건 거대한 구덩이 뿐이었다.

마력을 전부 소모한 메구밍이 쓰러진 순간, 모험가들이 환성을 질렀다.

"대, 대단해……. 이게 폭렬마법……."

단 한 사람, 이 광경에 익숙하지 않은 로리에리나만이 얼이 나간 목소리로 그렇게 중얼거렸다.

검술에 꽤 자신이 있다며 따라온 로리에리나는 이 엄청난 마법의 위력을 보고 질린 것 같았다.

축 늘어진 채 나에게 몸을 맡긴 메구밍은 그런 로리에리나를 강렬한 눈빛으로 쳐다보더니—.

"이것이 바로 저의 폭렬마법이에요. ……어떤가요? 지금까지 폭발 사건이 일어난 곳에는 이렇게 커다란 폭발 흔적이 남아 있었나요?"

—라고 말한 후 힘없이 웃음을 흘렸다.

그런 메구밍을 본 로리에리나는 조용히 눈을 감으며 고개를 저었다.

"……아뇨. 이렇게 커다란 구덩이는 없었어요. ……메구밍 양."

로리에리나는 메구밍을 똑바로 쳐다보았다.

"지금까지 당신을 용의선상에 올려 죄송합니다. 이 자리를 빌려, 다시 한 번 사죄드립니다."

그렇게 말한 로리에리나는 메구밍을 향해 깊이 고개를 숙였다.

이 순간, 로리에리나가 메구밍에게 품고 있던 혐의가 완전히 사라졌다.

"후후, 알았으면 됐어요. 혐의에서 완전히 벗어난 것만으로 충분하니까요. 게다가 이번에는 곰을 한꺼번에 쓸어버려서 기분이 좋으니까 용서해드릴게요."

메구밍이 그렇게 말하자 로리에리나는 웃음을 흘렸다.

"나, 나도 의심해서 미안해, 메구밍! 맞아, 메구밍도 시도 때도 없이 문제만 일으키는 애는 아니잖아. 다, 다음에 사과의 의미로 맛있는 케이크를 사줄게……!"

"후후, 케이크를 봐서 용서해줄게요. 융융도 카즈마를 본받아서, 앞으로는 저를 믿어주세요. ……그리고, 카즈마."

나를 향해 고개를 돌린 메구밍은 멋쩍은 듯이―.

"저를 믿어줘서, 고마워요."

그렇게 말하고 만족한 웃음을 지었다.

"―대체 무슨 일이지?! 어이, 카즈마! 내가 없는 사이에 무슨 일이 벌어진 것이냐?!"

저 사람들은 다크니스의 가문이 거느린 사병인 걸까.

무장한 남자들을 데리고 산 쪽에서 돌아온 다크니스가 커다란 구덩이 앞에 있는 우리를 보고 고함을 질렀다.

"어이, 다크니스. 대체 어디 갔던 거야? 겨울잠에서 깨어난 일격곰 무리가 나타나서 모험가들이 급히 소집됐다고. 메구밍이 없었다면 큰일이 났을 거야."

"그, 그게 정말이냐?! 으음, 일격곰이 이 시기에 나타난 것은 예의 폭발 사건의 폐해겠구나. 어제도 숲 속에서 폭발이 일어난 것 같으니, 분명 그 탓에 깨어난 거겠지."

그러고 보니 폭발 사건 자체는 해결이 안 되었는걸.

"이건 그 폭발마의 짓인 건가요. 내일부터는 본격적으로 사건 해결을 위해 나서야만 하겠군요! 저만 믿으세요. 내일이야말로 홍마족의 뛰어난 지력을 선보이겠어요!"

메구밍이 나에게 부축을 받으며 그렇게 외치자 다크니스는 굳은 미소를 지었다.

"아니, 저기……. 그게 말이다, 메구밍. 사건은 이미 해결됐다."

그렇게 말한 다크니스는 함께 온 남자에게서 버섯 하나를 넘겨받은 뒤 우리에게 보여줬다.

시꺼멓고 가시가 달린 그 버섯은 딱 봐도 위험해 보였다.

"이건 마인머시라고 하는 버섯이다. 특정 조건이 충족되면 엄청난 폭발을 일으키지. 산기슭과 산간 지역에 이게 잔뜩 자라고 있었다. 앞으로 사람들을 모아 수확한 후에 적절히 처리할 생각이지. 아마 이것과 똑같은 버섯이 숲 속에서도 자라고 있을 거다. 그쪽도 처리해야만 하겠지."

우리는 그 말을 듣고 땅이 꺼져라 한숨을 내쉬었다.

"뭐야. 이렇게 큰 소동이 일어났는데, 알고 보니 폭발하는 버섯의 짓거리였던 거야? 우리가 한 고생은 다 뭐였냐고."

"맞아요. 저도 여러 사람들한테 의심을 샀잖아요. 저 버섯은 제가 폭렬마법으로 전부 쓸어버리겠어요. 다크니스, 버섯의 수확만 부탁드릴게요. 처리는 저한테 맡겨주세요."

나와 메구밍이 그렇게 말했는데 다크니스의 눈빛이 흔들렸다.

"아니, 그게……. 메구밍에게 처리를 맡길 수는 없을 것 같다. 이건 우리가 책임지고 처리할 테니……."

그런 다크니스를 본 나는 불쑥 질문을 던졌다.

"……저기, 그 버섯은 특정 조건이 충족되면 폭발한다고 했지? ……그 조건이란 건 대체 뭐야?"

다크니스는 내 질문을 듣고 한동안 망설이는 듯한 반응을 보인 후―.

"……강한 마력을 인근에서 감지하면 폭발한다."

그렇게 말하면서 메구밍을 향하고 있던 고개를 슬그머니 돌렸다.

…………．

"……어. 그럼 뭐야? 예를 들어 버섯이 군생하고 있는 숲 근처에서 폭렬마법을 쓴다면……."

"폭발하지."

"…………그럼 산기슭에서 폭렬마법을 써도……."

"물론 폭발한다."

어이.

"……아니에요. 저기, 아니라고요."

나에게 부축을 받고 있던 메구밍은 땀을 삐질삐질 흘리면서 고개를 돌렸다.

뭐가 아니라는 건지 어디 한 번 들어볼까.

로리에리나가 수갑을 꺼내들고 우리가 그 광경을 아무 말 없이 지켜보자—.

"그래요! 폭발하면 바로 저! 저하면 바로 폭발! 좋아요, 좋아! 이제부터 이런 일이 일어나면 전부 제 탓으로 돌리세요! 하지만 이 말만은 꼭 해두겠어요. 남을 의심할 거면, 이렇게 **빼도 박도 못할 증거**가 나온 후에—!"

"적반하장 좀 작작하라고! 너를 믿은 내가 바보였어!!"

지켜주고 싶은 크루세이더
GOD'S BLESSING ON THIS WONDERFUL WORLD! YORIMICHI!

1

"카즈마, 퀘스트다! 퀘스트를 하러 가자!"

어느 날의 오후.

다크니스는 난로 앞에서 묵묵히 부업을 하고 있는 나에게 그런 말을 했다.

"갑자기 무슨 소리를 하는 거야? 추워서 싫어. 그리고 겨울에는 강한 몬스터만 활동한다며? 좀 따뜻해진 후에 하자고."

내가 가죽 장갑 제작을 멈추고 그렇게 말하자 옆에서 동의하는 목소리가 들렸다.

"맞아. 이런 시기에는 집에 틀어박혀서 지내는 게 최고야. 메구밍과의 승부가 끝나면, 다크니스도 같이 놀래? 메구밍은 이상한 룰만 써서 도저히 이길 수가 없네."

"이상한 룰이라니, 너무하네요. 아크 위저드를 장기판 밖으로 탈출시키는 텔레포트, 그리고 하루 한 번 장기판을 뒤집을 수 있는 익스플로전은 공식 룰이에요."

나는 보드 게임을 하고 있는 두 사람에게 말했다.

"너희도 그만 놀고 일 좀 해. 왜 나만 빚 갚으려고 이렇게 아등바등 일하는 거야."

"나와 메구밍은 만약의 사태에 대비해 마력과 체력을 온

존하고 있는 거야. 우리는 이 마을을 지키는 비장의 카드 같은 존재니까, 그냥 놀아재끼고 있는 것처럼 보이더라도 실은 어엿하게 일하고 있는 거지. 지금 중요한 국면이니까 방해하지 마."

"맞아요. 이것도 어엿한 일이에요. 그럼 아군 아크 위저드가 마법 공격. 적 아크 프리스트 사망."

"와아아아아앙~!! 카즈마가 훼방을 놓은 바람에 위기에 처했잖아! 다음 주 청소 당번이 걸린 승부인데, 지면 책임질 거야?!"

전혀 도울 생각이 없는 두 사람을 포기한 내가 다시 일을 시작하려 하자—.

"지금은 푼돈이나 벌 때가 아니다! 자, 이걸 봐라!"

"앗, 뭐하는 거야?! 돕지는 못할망정 방해를……. 어?"

테이블 위에 놓인 가죽 장갑을 옆으로 밀어낸 다크니스가 종이 한 장을 펼쳐놓았고 나는 그것을 읽어봤다.

"정체불명의 현상금 몬스터 『강건한 전령』! 액셀 남부에 위치한 호수 주변에 울창한 숲이 펼쳐져 있는데……. 그 숲 깊은 곳에 있는 오래된 신전에 이 몬스터가 숨어 있다고 한다."

다크니스가 보여준 종이에는 데포르메된 귀여운 그림체로 양손 끝에 촉수가 달려 있고 문어 같은 얼굴을 지닌 인간형 몬스터가 그려져 있었다.

"……너, 이 몬스터의 촉수에 반응한 거지?"

"아니다. 크루세이더의 숭고한 기사도 정신을 모독하지 마라, 이 무례한 놈. 이 현상금 몬스터는 현재 밝혀진 바가 거의 없다. 이름 이외에는 알려진 것이 없으며, 일설에 따르면 흙의 대정령이 누군가의 생각을 베이스로 해서 실체화한 것이 아닌가 하고 여겨지고 있다. 그래서 모험가 길드로부터 나에게 조사 의뢰가 들어왔다."

조사 의뢰?

"왜 하필이면 너야? 길드 직원은 대체 언제부터 이렇게 보는 눈이 없어진 건데? 몬스터의 생태 조사가 목적이라면 더 적격인 사람이 있잖아. 기척을 숨길 수 있는 도적이나, 먼 곳에 있는 걸 볼 수 있는 아처라거나 말이야."

내가 의아한 표정을 짓고 그렇게 말하자 다크니스는 팔을 접어서 알통을 보여주며 의기양양하게 말했다.

"상대는 현상금이 걸린 몬스터다. 어떤 능력을 지녔는지도 밝혀지지 않은 상황에서 빈약한 도적이나 아처에게 의뢰하는 것은 위험하다고 판단되었기에, 우선 액셀 제일의 방어력을 지닌 내가 그 몬스터와 대치해서 어떤 존재인지 살펴보기로 한 거지."

"……아하. 확실히 너의 두꺼운 면상이라면 처음 보는 몬스터에게 공격을 받아도 웬만하면 견뎌낼 수 있을 거야."

"누구 면상이 두껍다는 거냐, 이 무례한 놈아. 아무튼 그렇게 됐다. 어떤 특수 능력을 지녔는지도 모르는 만큼, 내가 직접 적의 능력을 조사하는 게 최선인 거지."

……흐음.

"머리를 좀 쓰긴 했네. 그렇다면 같이 가줄게. 뭐, 네가 촉수 몬스터에게 능욕당하고 싶은 거라고 오해했어. 그래도 몬스터를 조사하기만 할 거면, 내가 잠복 스킬과 천리안 스킬로 상대를 관찰해서 의뢰를 달성하는게……."

"무슨 소리를 하는 것이냐, 이 멍청한 놈! 그래서는 의뢰를 받아들인 의미가 없지 않느냐!"

…….

"너, 역시 촉수란 말을 듣고 이 의뢰를 맡은 거지?"

"……아니다."

2

액셀 마을 남쪽으로 내려가자 조그마한 산이 보였다.

그 산의 기슭에는 탁한 호수가 있었고 거기서 조금 더 나아가니 어둡고 깊은 숲이 펼쳐져 있었다.

"저기, 왠지 사악한 기운이 느껴지거든? 저 숲에 들어가지 말고 바로 집에 돌아가서 술판이나 벌이라고 내 감이 호소하고 있거든?"

"너는 추워서 빨리 돌아가고 싶은 거잖아. 그리고 아까 너와 메구밍이 말했지? 만약의 사태에 대비하고 있다고 말이야. 지금이 바로 그 만약의 사태니까, 빨리 따라오기나 해."

모험 준비를 마친 우리는 유일하게 꾸물대고 있는 아쿠아를 데리고 깊은 숲으로 들어갔다.

"이 숲에 현상금 몬스터가 숨어 있는 거군요. 그래요. 저는 이런 걸 기다렸어요. 졸개 몬스터를 귀찮게 사냥하러 다니는 게 아니라, 거액의 현상금이 걸린 몬스터를 해치워서 일확천금! 그것이 바로 모험가의 본분이죠!"

아쿠아와는 대조적으로 메구밍은 의욕이 넘쳤다.

"이번 목적은 몬스터 조사니까, 무리해서 싸울 필요는 없다. 그리고 만일 내가 촉수 몬스터에게 잡힌다면 주저 없이 도망쳐라. 알았지? 나를 구할 생각조차 하지 말라는 말이다."

"인마, 나중에 울면서 도움을 청해도 진짜로 내버려두고 가버릴 거야."

한 사람이 일관되게 변태 같은 소리를 늘어놓고 있는 가운데, 우리는 몬스터가 목격됐다는 장소인 숲속 깊은 곳으로 향했다.

아직 내 적 탐지 스킬은 아무런 반응도 보이지 않았다.

"저기, 그냥 돌아가지 않을래? 겨울에 나오는 몬스터는 하나같이 강하거든? 그 현상금 몬스터 말고 다른 녀석과 마주쳐도, 우리는 위기에 처할 거야."

겁을 잔뜩 먹은 채 가장 뒤편에서 따라오고 있는 아쿠아가 그런 소리를 하며 주위를 둘러보았지만—.

"그래서 메구밍이 있는 거잖아. 평소에 아무 이유도 없이 폭렬마법을 쓰거나 뭔가를 박살내거나 보드게임을 하는 것 말고는 생산적인 행동을 전혀 하지 않는 식충이 2호가 도움이 될 때가 온 거야. 너는 1호면서 전혀 경각심을 느끼고 있지 않은 거야?"

"어이, 식충이 2호라는 게 설마 나를 말하는 것이냐? 만약 그렇다면 걸어온 시비를 받아주겠노라!"

"저기, 1호는 나 아니지? 그렇지?!"

시끄러운 두 사람을 곁눈질한 나는 적 탐지 스킬로 주위를 살피며 앞장을 섰다.

조사하러 온 숲에서 고함을 적당히 질렀으면 좋겠다.

현상금 몬스터는 고사하고 진짜로 다른 졸개 몬스터에게 발각당하기라도 한다면…….

—나는 눈치챘다.

우리가 이렇게 시끄럽게 떠들고 있는데도 아무 소리가 들리지 않는다는 사실을…….

그리고 이렇게 넓고 깊은 숲인데 우리의 기척을 느끼고 날아오르는 새가 없는 데다, 벌레 소리조차 들리지 않는다는 사실을 말이다.

내가 무심코 이 자리에 멈춰서며 주위를 둘러보자 메구밍과 다크니스는 뭔가를 눈치챈 건지 입을 다물었다.

"두고 봐, 이 망할 백수야. 오늘은 내가 엄청 활약할 테니까. 식충이 취급을 해서 죄송하다며 싹싹 빌게 만들어주겠어! 자, 이만 데서 멈춰 서지 말고 빨리 가자! 가잔 말이야!"

여전히 분위기를 살피지 못하는 한 녀석을 향해 고개를 돌린 나는 검지를 입술에 대고 조용히 하라는 어필을 했다.

"……뭔가 이상해. 몬스터뿐만 아니라 새와 동물의 기척도 느껴지지 않아. 왠지 불길한 느낌이 드니까, 오늘은…… 인마, 손가락이나 걸 때가 아니라고!"

내 검지에 자신의 새끼손가락을 걸려고 하는 아쿠아를 향해 고함을 지르자, 마치 내가 이러기만 기다린 것처럼―.

"카, 카즈마, 카즈마. 뭔가 있어요. 저 나무 뒤편에 꿈틀대고 있는 뭔가가 있다고요."

메구밍이 떨리는 목소리로 가리킨 나무 뒤편에는 정체불명의 무언가가 있었다.

보자마자 온몸에 소름이 돋으면서 격렬한 심장 박동과 극심한 공포, 그리고 떨림을 느끼게 하는 그런 불길한 존재.

엄청난 구역질과 공포 때문에 제대로 쳐다볼 수 없어서 바로 고개를 돌렸으나 일러스트로 그려져 있던 귀여운 생물과는 전혀 닮지 않은 촉수 생물이었다.

그런 정체불명의 현상금 몬스터가 나무 뒤편에서 모습을 드러냈다.

똑바로 쳐다볼 수 없을 만큼 무시무시하게 생긴 그 몬스터가 공기를 진동시키며 기괴한 소리를 토했고―.

"후퇴하자!!"

"우에에에에에에엥~! 카즈마 씨~! 카즈마 씨~!! 나를 두고 가지 마, 카즈마 씨~!"

"멍청아, 빨리 따라와! 메구밍도 울면서 마법 영창하지 말고, 죽어라 뛰어! 저건 절대 얽히면 안 되는 그런 존재야!"

순식간에 패닉에 빠진 우리가 울면서 도망치거나 이판사판이라는 듯이 마법을 읊조리는 등의 행동을 취하고 있을 때였다.

"카카카, 카즈마! 저저, 저건 무리다! 저것만은 생리적으로 받아들일 수가 없어! 저 촉수는 나쁜 촉수다! 저건 이 세상에 존재해선 안 되는 무언가가 틀림없다!"

"멍청아, 이 비상 상황에서 촉수 품평 같은 걸 하지 마! 저게 위험한 존재라는 건 딱 봐도 알 수 있다고! 저건 대체 뭐야?!"

가장 먼저 도망친 나를 아쿠아, 메구밍, 다크니스가 쫓아오는 가운데―.

"부부부, 분명 『강건한 전령』이니, 『기어오는 혼돈』이라고 불리는, 흙의 대정령이 아닐까 여겨지고 있다만······!!"

강건한 전령······, 기어오는······.

기어오는 혼돈?!

"멍청아, 그건 무지무지 위험한 녀석이잖아!"

게임이나 판타지에 해박한 사람이라면 누구나 아는 위험한 존재다.

이런 풋내기 모험가의 마을 근처에 절대 있어선 안 되는 존재였다.

다크니스는 저것이 흙의 대정령이라고 말했다.

이 세상의 정령들은 처음 마주친 자의 생각을 베이스로 실체화한다.

기어오는 혼돈.

크툴루 신화에 나오는 흙의 정령이며 일설에 따르면 사신 (邪神)이라 불리는 위험한 녀석이었다.

이 세상에 저런 게 존재한다는 건 어디 사는 누가 겨울의 정령하면 동장군이지 같은 상상을 한 것처럼, 흙의 정령하면 분명— 그런 식으로······!

"또 어떤 멍청이가 사고 친 거냐아아아아아아아!"

"카즈마, 왜 그래?! 지금은 울 때가 아니다!"

죄송해요! 일본인을 대표해 사과할게요! 정말 죄송해요!

하지만 저게 진짜가 아니라는 것을 알고 약간 안심한 나는 뒤편을 돌아보았다.

그 순간, 내가 목격한 것은—.

"저 녀석, 뭔가 하려는 것 같아!"

어디가 눈인지는 모르겠지만 우리 쪽을 똑바로 쳐다보고 있다는 것은 분위기를 통해 알 수 있었다.

저 녀석이 우리를 향해 촉수를 내밀며 뭔가를 쏘려고 한, 바로 그때였다.

"『익스플로전』—!!!!!!"

가장 뒤편에 있는 다크니스가 자신의 몸을 방패삼아 우리를 지켜주려 했을 때, 메구밍의 마법이 작렬했다.

마력을 전부 쓴 메구밍을 둘러멘 후 우리는 뒤도 돌아보지 않고 도주했다!

3

마을로 겨우 도망친 나는 마력이 바닥나서 축 늘어진 메구밍을 소파에 눕혔다.

"하아, 당분간은 퀘스트를 안 할 거야! 아까 그 녀석은 대체 뭐야?! 오늘 밤 꿈에 나올 게 틀림없다고!"

아까 일을 떠올리자 온몸에 소름이 돋으며 덜덜 떨렸다.

아니, 잠깐만 있어봐.

그게 오늘밤 꿈에 나올 것 같으니까 저번의 가게에 가서 꿀 꿈을 바꿔달라고 하는게…….

묘안이 떠오른 내가 고개를 끄덕이고 있을 때 아쿠아가 입을 열었다.

"저기, 다크니스는 어디 있어? 그렇게 무시무시한 녀석과 만나게 해준 다크니스는 대체 어디 간 거야? 내가 얼마나 무서웠는지를 주제로 한 시간은 설교를 해줘야 직성이 풀릴 것 같아."

"그 녀석은 방에서 옷을 갈아입고 길드에 보고하러 갔어. 일단 조사를 했으니까 보수를 받을 수는 있겠지. 오늘은 그 돈으로 맛있는 거라도 먹자."

"그것도 좋겠군요. 다 같이 맛있는 음식과 비싼 술을 즐기며 아까 본 걸 잊도록 해요."

메구밍은 축 늘어진 채 미소를 지었고ㅡ.

"아, 나는 술은 됐어. 외박할 생각이거든."

"왜요?!"

우리가 그런 대화를 한창 나누고 있을 때 보수로 보이는 봉투를 손에 쥔 다크니스가 돌아왔다.

"나 왔다. 다들 수고했구나. 길드 직원의 말에 따르면, 그 숲에는 당분간 아무도 들어가지 못하게 할 거라고 한다. 그건 건드려선 안 되는 상대니까 말이지. 그리고 이게 이번 보수다. ……휴우. 왠지 봉투가 무거운걸……."

오늘 전투로 지친 건지 갑옷을 벗고 옷을 갈아입은 다크니스가 테이블 위에 봉투를 뒀다.

"저기, 다크니스. 아까 그 녀석은 대체 뭐야? 솔직히 말해 엄청 무서웠거든! 여신은 화장실을 안 가서 망정이지, 내가 만약 평범한 인간이었다면 실례를 했을 거야!"

"그, 그렇지만 이것도 엄연히 중요한 조사……. 아앗, 자, 잠깐만 기다려라, 아쿠아! 너무 화내지 마라! 조, 좀 봐줬으면 한다……!"

아쿠아가 달려들자 다크니스는 양손을 잡힌 채 테이블 위에서 꼼짝도 하지 못했다.

"……다크니스, 왜 그래? 나, 그렇게 힘 안 줬거든? ……아하~ 약한 척, 피곤한 척 연기를 해서 내 분노의 꾸중에서 벗어나려는 거구나. 이 애는 정말 못 말린다니깐. 그 연기가 언제까지 이어질지 시험해주겠어!"

"자, 잠깐만, 아쿠아! 그게 무슨 소리지?! 잠깐, 이러지 마라! 아앗?!"

테이블 위에서 몸싸움을 시작한 두 사람을 어이없다는 듯이 지켜보던 나는 뭔가 평소와 다르다는 사실을 눈치챘다.

"……저기, 다크니스. 오늘 진짜로 왜 이러는 거야? 평소

툭하면 나를 꾸짖던 다크니스가 이렇게 힘을 못 쓰니, 왠지 즐겁네.”

“큭……! 이게 대체 어떻게 된 것이지?! 어이, 아쿠아! 너 자신한테 근력을 증가시키는 지원 마법을 건 것 아니냐?! 내, 내가 아쿠아한테 힘으로 밀리다니……!”

……역시 이상했다.

기본적으로 고지식한 성격인 다크니스가 이런 연기를 할 리가 없었다.

나는 아무 말 없이 다가간 후 아쿠아에게 부탁해서 교대했다.

“윽?! 이, 이러지 마라, 카즈마! 대체 무슨 속셈이냐?! 아니, 너까지 이렇게……! 두 사람 다 왜 갑자기 힘이 세진 거냔 말이다!”

틀림없다.

“어이, 다크니스 녀석이 약해진 것 같아!”

“““?!”””

─약해진 다크니스를 소파에 앉힌 후 우리는 그녀를 둘러쌌다.

언제나 당당하던 다크니스가 현재는 남의 집에 온 애완동물처럼 얌전했다.

그런 다크니스에게─

"다크니스, 다크니스, 저와 팔씨름해요!"

드레인 터치로 나에게서 마력을 나눠받은 메구밍이 희희낙락하며 그런 소리를 했다.

"으……. 그, 그게, 저기, 오늘은 사양하고 싶은데……."

"뭐라고요? 다른 사람도 아니고 다크니스가! 크루세이더인 다크니스가!! 설마 마법사와의 팔씨름 승부를 거절하는 건가요?! 실망이에요! 정말 실망이에요! 평소의 믿음직하고 멋진 다크니스를 돌려주세요!"

"큭……! 아, 알았다. 승부를 하면 될 것 아니냐!"

"그렇게 나와야 다크니스죠! 역시 저희 파티의 크루세이더예요!"

남을 괴롭히는 것을 좋아하는 메구밍이 이런 기회를 놓칠리가 없다.

"에잇~!"

"아앗?!"

인정사정없이 다크니스에게 승리한 메구밍은―.

"어떻게 된 거죠? 다크니스, 제가 마법사라고 괜히 봐줄 필요는 없어요."

그렇게 희죽거리면서 말하더니 양손으로 얼굴을 가리며 테이블에 엎드린 다크니스의 어깨를 흔들어댔다.

"그런데 갑자기 어떻게 된 거야? 평소 행실이 나빠서 레벨이 내려가는 천벌이라도 받은 거 아냐? 아, 내가 숨겨뒀던 슈크림을 먹은 게 바로 너지?! 그래서 에리스 님이 너한테 천벌을 내린 거야!"

"멍청아, 누가 그런 짓을 할 것 같으냐?! 평소 행실 관련 으로도 나는 떳떳하다! 이것은 저주 같은 게 틀림없어!"

"응. 다크니스가 말한 대로, 이건 저주야. 그리고 선반 안쪽 에 놓여 있던 슈크림을 먹은 사람은 바로 나야. 평소에 힘쓰 는 일을 도와주는 다크니스한테 천벌이 내릴 리가 없잖아."

"어이, 네가 내 슈크림을 먹은 거냐?"

"이건 저주인가요? 그렇다면 아까 싸웠던 그 녀석이 다크 니스에게 저주를 걸었다는 건가요……?"

메구밍이 그렇게 묻자 아쿠아는 고개를 끄덕였다.

"응. 틀림없어. 이건 상대를 약체화시키는, 효과가 늦게 나 타나는 저주야."

"어이, 말 돌리지 마. 너, 슈크림 사와. 그건 유명한 가게에 서 파는 비싼 녀석이라고."

"『세이크리드 브레이크스펠』!"

아쿠아는 내 말을 깔끔하게 무시하더니 다크니스에게 마 법을 걸었다.

그리고 남을 안심시키려는 미소를 머금으며 말했다.

"이제 괜찮아. 저주를 건 상대가 상대인 데다, 지효성 저 주라 평소보다 푸는 데 시간이 걸리긴 할 거야. 한동안 약 체화가 진행되겠지만 2, 3일 정도만 참으면 저주가 완전히 풀릴 거야."

"어이. 인마. 나 좀 봐. 무시하지 말라고."

아쿠아의 말을 듣고 안심한 다크니스는 한숨을 내쉰 뒤 자리에서 일어났다.

"그래……. 그럼 됐다. 한때는 큰일이 나는 줄 알았지만, 아쿠아의 말대로라면 일상생활에는 지장이 없겠지. 그럼 나는 쓰레기를 버리고 오겠다."

그렇게 말한 다크니스는 근처에 있는 쓰레기 집하장에 가져다두기 위해 현관 쪽에 뒀던 쓰레기봉투를―.

"……큭. 이, 이익……! 하아…… 하아……. 저, 저기, 미안한데……. 누가 좀 도와주지 않겠느냐……?"

들어올리려 했지만 곧 미안해하는 표정을 짓고 그렇게 말했다.

4

다음 날 아침.

"……저기, 카즈마. 나, 좀 이상해."

"네가 이상한 건 어제 오늘 일이 아니지만, 일단 이야기를 들어보기로 할까. 대체 어디가 이상한 건데?"

나는 아쿠아의 대답을 대충 예상하면서도 그렇게 물었다.

"저기 말이지? 어젯밤부터……."

잼이 들어있는 병을 열려고 안간힘을 쓰고 있는 다크니스를 보던 아쿠아는—.

"큭……! 뚜, 뚜껑이 꽉 닫혀서, 열 수가 없다……. 아, 아쿠아, 미안한데……."

"알았어. 잼 뚜껑을 열어달라는 거지? 여기 있어, 다크니스."

"고맙다."

다크니스를 대신해 잼의 뚜껑을 열어줬다.

"—다크니스를 보고 있으니, 보호 욕구가 샘솟아."

……그 심정은 이해가 된다.

어제보다 근력이 더 약해진 건지, 병뚜껑조차 열지 못해 남에게 도움을 청하는 다크니스에게서는, 평소의 믿음직한 면을 전혀 찾아볼 수가 없었다. 게다가, 뭐랄까…….

"저기 말이다, 카즈마. 홍차를 끓이고 싶은데, 찻주전자가 너무 무거워서……."

"알았어. 나만 믿어. 차는 내가 끓여줄게."

난처한 표정을 짓는 다크니스를 나와 아쿠아는 어젯밤부터 계속 돌봐줬다.

이 느낌은 뭘까.

품이 낙낙한 순백색 실내복을 입고, 찻잔보다 무거운 것을 들지 못하며, 계단을 올라갈 때도 숨을 헐떡이는 그 모습은 마치 연약한 귀족 영애 같았다.

"정말 고맙다."

평소와 다른 다크니스는 찻잔에 홍차를 따라줬을 뿐인 나에게, 정말 기쁜 표정으로 고마워했다.

뭐야. 가슴 속 깊은 곳이 두근거려.

내버려두면 안 될 듯한 저 여린 모습이 보호 욕구를 마구 자극했다.

……다크니스는 그냥 지금 이대로 있어도 괜찮지 않을까.

찻잔을 놓칠까봐 양손으로 들고 차를 맛있게 홀짝이는 다크니스의 모습을 보고 아쿠아도 나와 같은 느낌이 든 것 같았다.

"저기, 카즈마. 나, 저렇게 연약한 다크니스를 보고 있으니까 왠지 마음이 훈훈해져. 그냥 저대로 있어도 괜찮을 것 같지 뭐야."

"기이한 일도 다 있네. 나도 너와 같은 심정이야."

"어, 어이, 두 사람 다 무슨 소리를 하는 것이냐!"

다크니스가 평소보다 많은 시간을 들여 겨우 식사를 마친 바로 그때였다.

"어머, 다크니스. 남들이 응석을 받아주니 좋나요? 귀하신 몸이라 참 좋겠네요."

먼저 아침 식사를 끝내고 부엌에서 설거지를 한 메구밍이 거실에 들어오며 그렇게 말했다.

"나, 나는 딱히 응석을 부리는 게 아니다만……."

"이렇게 남들에게 응석을 부렸으면서, 그런 적 없다고 우기는 건가요?! 정말, 이제야 식사를 마친 건가요. 오늘 설거지 당번은 저인데, 다크니스 때문에 아직도 설거지를 못 끝냈잖아요. 빨리 식기를 부엌에 가져다놔요."

메구밍이 시집살이 시키는 시누이 같은 소리를 늘어놓으며 다크니스를 몰아붙였다.

당황한 다크니스는 식기를 포개더니 그것을 부엌으로 옮기려 했지만—.

"으으, 무, 무거워……."

"뭐하는 거죠?! 설마 찻잔보다 무거운 건 못 들기라도 하는 건가요?! 하아, 평소 똑 부러지게 행동하면서 남들을 꾸짖기만 하던 다크니스가 이렇게 약한 목숨을 보이다니, 대체 제가 어떻게 해주기를 원하는 거죠?!"

흥분한 탓에 눈동자가 빨개진 메구밍이 다크니스를 사납게 몰아붙였다.

전부터 생각했던 건데 이 녀석은 사디스트 끼가 있는 것 같아.

"메구밍, 약해진 다크니스를 놀리고 싶은 심정은 이해하지만, 저 녀석이 원래대로 되돌아오면 바로 앙갚음을 당할걸? 식기는 내가 옮길 테니까, 다크니스는 쉬고……. 너, 왜 그렇게 호흡이 거칠어진 거야?"

"아, 아니, 그게 말이다. 이건 이것대로 나쁘지 않은 것 같다고 할까……."

"너, 너 정말……."

이 두 사람은 이대로도 행복하게 지낼 것 같다.

—어제 조사 의뢰의 보고를 위해서 나는 다크니스와 함께 모험가 길드에 왔다.

"……저번의 현상금 몬스터는 저주까지 구사하는 것 같아요. 이 정보를 추가해 주세요."

나는 길드 직원을 붙잡아 다크니스가 약체화되었다는 이야기를 해준 후 현상금 몬스터의 정보를 수정해달라고 요청했다.

"추가 정보를 제공해 주셔서 감사합니다. 아무래도 그 숲의 출입 금지령만이 아니라, 접근 금지령도 내려야할 것 같군요. 사토 씨 일행에게 추가 보수가 지급될 테니, 정보료의 정산이 끝날 때까지 기다려주세요."

추가 보수를 받을 수 있다는 건 좋았다.

내가 빚 청산에 한 걸음 더 다가섰다고 생각한 바로 그때였다.

"우오오오오오오오! 진짜네! 다크니스가 약해졌어!"

깜짝 놀란 목소리가 길드 안에 울려 퍼졌다.

목소리가 들린 곳을 향해 고개를 돌려보니 다크니스가 모험가들에게 둘러싸여 있었다.

아무래도 다크니스가 약해졌다는 이야기를 들은 녀석들이 사실을 확인하기 위해 팔씨름을 하자고 한 것 같았다.

그들과 팔씨름을 해서 연거푸 진 다크니스는 여자 마법사한테도 진 것이 충격이었는지 테이블이 넙죽 엎드려 있었다.

"이야~, 이런 날이 올 줄은 몰랐는걸!"

"맞아. 다크니스 씨에게 이기는 날이 올 줄은 꿈에도 몰랐다고!"

"어이, 다크니스! 맷집과 에로틱함과 괴력이 너의 몇 안 되는 장점이었는데, 그런 소중한 개성 중 하나를 잃으면 어떻게 하냐고."

"후후, 우후후후후……! 다크니스 씨에게 팔씨름으로 이겼어……! 저주 때문에 약해진 상태라고는 해도, 내가 이긴 건 명백한 사실이잖아! 숙소에 돌아가면 동료들에게 자랑해야지!"

나는 허둥지둥 그들 사이에 끼어들었다.

"어이, 어디까지나 일시적으로 약해졌을 뿐이라고! 고지식한 다크니스에게 매일같이 설교를 들었던 너희가 이참에 이 녀석을 놀려주고 싶은 심정은 이해하지만, 힘을 되찾은 후에 역습 당할 게 뻔하니까 적당히 해둬!"

"너, 너도 그런 식으로 생각하고 있었던 것이냐."

그 말을 듣고 원망 섞인 눈길로 나를 올려다본 다크니스는 또 힘없이 고개를 푹 숙였다.

"하아, 알았어. 저기, 다크니스 씨. 이건 내가 사는 거야! 오늘은 퀘스트 안 할 거지? 자, 한 잔 쭉 들이켜!"

방금 다크니스에게 이긴 여자 마법사는 그렇게 말하더니 테이블 위에 술이 가득 담긴 잔을 내려놨다.

다크니스는 될 대로 되라는 심정으로 그 술을 마시려 했지만―.

"무, 무거워서 마실 수가 없어……."

다크니스는 안타까운 표정을 지으며 여자 마법사를 지그시 올려다보았다.

……생각보다 약체화가 더 진행된 것 같았다.

다크니스의 시선을 받은 마법사는 어찌된 건지 얼굴을 살짝 붉히고―.

"……내가 술잔을 잡아줄게. 다크니스 씨, 괜찮아? 아, 너무 급하게 들이켜면 흘러내릴 거야……!"

그렇게 말하면서 다크니스가 마시기 쉽도록 잔을 잡아주고 과보호란 생각이 들 정도로 챙겨줬다.

그 모습을 본 모험가들이 기묘한 반응을 보이기 시작했다.

"어이. 나, 눈이 좀 삐었나봐. 다크니스가 평범한 여자애처럼 보인다고."

"나, 나도 그래. 상대는 다크니스 씨인데, 왠지 지켜주고 싶다는 생각이 샘솟는다고 할까……."

모험가들이 소곤소곤 그런 대화를 나눴다.

　"자, 너희는 저쪽으로 가. 다크니스 씨에게 괜한 짓 하면 절대 용서 안 할 거야!"

　"팔씨름 승부는 끝났거든? 다크니스 씨는 구경거리가 아니란 말이야! 빨리 꺼져!"

　아쿠아와 마찬가지로 보호 욕구를 자극 당한 여자 모험가들이 다크니스를 감싸주기 시작했다.

　"지금 보니 다크니스 씨는 아름다운 금발 벽안을 지녔네. 왠지 상류층 아가씨 같아. 이렇게 챙겨주고 있으니까, 나도 왠지 메이드가 된 기분이야."

　"그, 그래?"

　당사자인 다크니스는 당황한 듯한 반응을 보였으나—.

　"항상 성실하고 믿음직하던 다크니스 씨가 이렇게 약한 모습을 보이니, 평소와의 갭 때문에 모성 본능이 자극된 걸까……. 어리광을 받아주고 싶어지네. 좀 약았어."

　"고, 고맙다……."

　평소 이런 대접을 받아본 적이 없던 다크니스는 싫지만은 않은 표정을 짓고 가만히 있었다.

　"아, 카즈마 씨. 다크니스 씨는 우리가 집까지 바래다줄 테니까, 먼저 돌아가도 돼."

　이윽고 어찌된 건지 나만 쫓겨나는 상황이 벌어졌다.

……어라?

5

또 하루가 흘러, 다음 날 아침.

"자, 다크니스. 아~ 해봐."

"아, 아~."

모성 본능에 눈뜬 아쿠아는 남들에게 응석을 부리는 것에 익숙해진 다크니스에게 아침을 떠먹여주고 있었다.

이런 대접에 익숙해졌다고는 해도 이건 좀 부끄러운 건지 다크니스는 얼굴을 새빨갛게 붉히며 가만히 있었다.

그리고 소파에서 신문을 읽는 척 얼굴을 숨긴 채 새빨갛게 빛나는 눈으로 그런 다크니스를 살펴보고 있는 이단아가 한 명 있었다.

"……어이, 아쿠아는 항상 이상했다 쳐도, 너까지 왜 이러는 거야?"

"저도 사실 당황스러워요. 지금 바로 다크니스를 괴롭혀 주고 싶은 이 마음은 뭘까요. 저는 정상인이라고 생각했는데, 다크니스의 약해진 모습이 저의 심금을 울리고 있어요."

마치 약해진 사냥감과 마주친 야생 짐승 같은 소리를 늘어놓지 말라고.

"……저기, 아쿠아. 저주가 풀리는 데는 2, 3일 정도 걸린

다고 했지? 그럼 이제 슬슬 저주가 풀려야 하는 거 아니냐?"

"맞아. 저주가 풀렸어도 이상할 게 없기는 한데, 나는 다크니스를 돌보는 게 재미있거든. 영원토록 풀리지 않아도 괜찮겠다 싶어. 자, 아~."

"으으…… 남들이 나를 챙겨주는 이 상황 자체는 싫지 않지만, 역시 빨리 저주가 풀렸으면 좋겠다……."

그렇게 말한 다크니스는 낮은 신음을 흘리더니 곧 다시 입을 열었다.

아쿠아가 바보 같은 소리를 하고 있지만 이 상황이 유지되는 건 나로서는 곤란하다.

겨울이 끝나면 또 돈을 벌어야 하는 것이다.

확실히 지금의 다크니스는 약체화의 영향인지 성격도 약간 유약해졌고 보호 욕구를 자극하는 존재였다.

근력이 떨어졌기 때문에 우리에게 의지할 수밖에 없으며 평소처럼 똑 부러지게 설교를 하지도 못한다.

그리고 원래 미인이었고 몸매도 좋았던 만큼 저러고 있으니 딱히 문제될 구석이 없는 매력적인 여성처럼 보였다.

…….

"어이, 저주가 계속 유지되게 할 방법은 없어?"

"너까지 무슨 소리를 하는 것이냐! 대체 왜 어떻게 된 거지? 너도, 아쿠아도, 메구밍도, 다들 왜 이러는 거냐 말이다!"

항상 홀대를 당해서 이 상황에 익숙하지 않은 다크니스가 멋쩍은 건지, 화가 난 건지는 몰라도 얼굴을 붉히며 벌떡 일어섰다.

"하아, 더는 여기에 못 있겠구나! 나는 모험가 길드에 가겠다!"

그런 사망 플래그인지 복선인지 알 수 없는 말을 하며—.

"……너, 어제 모험가 길드에서 시중 받으면서 기분 좋았던 거지?"

"그그, 그렇지 않다."

바로 그때였다.

『긴급 퀘스트! 긴급 퀘스트! 모험가 여러분은 전투 준비를 하신 후, 서둘러 모험가 길드에 모여 주십시오!』

오래간만에 듣는 긴급 안내 방송이 마을 전체에 울려 퍼졌다.

—약체화된 탓에 무장을 할 수 없는 다크니스 이외의 우리가 전투 준비를 마친 후에 모험가 길드에 가보니 길드는 혼란에 빠져 있었다.

길드 직원과 모험가들이 우왕좌왕하고 있었고 포션 같은 것을 긁어모아 전위 직업 모험가들에게 나눠주며 전투 준비에 힘쓰고 있었다.

"아, 사토 씨! 마침 잘 오셨어요!"

우리가 얼굴을 비추자 길드 직원이 서둘러 다가왔다.

"대체 무슨 일이 벌어진 거죠?"

나의 질문에 그 직원은ㅡ.

"그게, 일전에 사토 씨 일행이 마주쳤던 현상금 몬스터가 마을 근처에 나타났어요……!"

엄청난 사실을 이야기해줬다.

"잠깐만요. 그게 마을 근처에 나타났다고요?! 제가 폭렬마법을 먹여줬는데, 벌써 회복됐다는 거예요?!"

그 몬스터의 저주가 발동된 순간에 폭렬마법을 명중시켰던 메구밍은 경악을 금치 못했다.

"그건 원래 흙의 대정령이에요. 마법에도 강한 내성을 지녔으니, 폭렬마법 한 방으로는 완전히 해치울 수 없는 거겠죠. 하지만 지금이라면……!"

직원이 이어서 한 말에 따르면 그 몬스터는 상당한 부상을 당한 것 같았다.

그리고 그 부상 때문에 분노한 나머지 마을 근처에 나타난 것이다.

"그렇다면 메구밍이 폭렬마법을 한 방 더 먹인다면……."

"예. 분명 해치울 수 있을 거라고 생각하는데요……."

나와 직원의 시선이 메구밍을 향했다.

"그 몬스터한테 폭렬마법을 한 방 더 먹여줘야 하는 건가요……. 솔직히 내키지는 않지만 어쩔 수 없네요."

메구밍은 평소와 달리 약한 소리를 했다.

"평소 같으면 앞뒤 가리지 않고 아무한테나 시비를 거는 네가 겁을 먹은 거야? 별일도 다 있네."

내가 그렇게 말하자—.

"무서운 게 당연하잖아요. 지금은 다크니스가 약체화됐는 걸요. 평소에 제가 폭렬마법에 집중할 수 있었던 건, 무슨 일이 벌어져도 다크니스가 지켜줄 거라는 확신이 있었기 때문이에요."

메구밍은 아무렇지 않게 그런 말을 입에 담았다.

아마 방금 그 말을 들은 것이리라.

길드에 오자마자 다른 모험가가 공손히 당겨준 의자에 앉아서 그렇게 싫지는 않은 반응을 보이고 있던 다크니스는—.

"……근력이 떨어져서 갑옷을 입을 수 없다고 해도, 다른 모험가보다 방어력은 뛰어나지. 방패 정도는 될 수 있을 거다."

그렇게 말하더니 최근 며칠 동안의 연약한 느낌이 사라진 것처럼 믿음직한 표정으로 우리를 향해 미소 지었다.

그것이 계기였을까.

"약해진 다크니스 씨가 나서겠다고 하잖아! 이 상황에서 나서지 않는다면 꼴사나울 거라고!"

"다크니스 씨는 우리가 지키겠어!"

"젓가락도 못 드는 다크니스 씨가 싸우겠다잖아! 나도 나서겠어!"

갑옷도, 무기도 없으면서 싸우겠다고 선언한 다크니스 때문에 모험가들이 자극을 받은 것 같았다.

그런 모험가들의 모습을 본 다크니스는 기쁜 듯이 배시시 웃으면서―.

"다들, 고맙다. 이 싸움이 끝나면……."

"어머? 저기, 다크니스. 내 한 점 흐림 없는 눈으로 보니, 저주가 풀린 것 같아."

바로 그때, 아쿠아가 그렇게 말했다.

"뭐?"

다크니스는 무심코 되물었다.

"저주가 풀렸다는 거야. 그것도 깔끔하게 말이야. 몸에 힘을 줘봐. 아마 원래대로 되돌아왔을걸?"

아쿠아가 그렇게 말하자 다크니스는 테이블 가장자리를 움켜쥐며 힘을 줬다.

"……방금, 우직 하는 소리가 들렸어."

"테이블에서, 나선 안 되는 소리가 났다고."

모험가들이 가볍게 질린 가운데―.

"이, 이런 극적인 순간에 저주가 풀리다니, 이것도 에리스 님의 가호가 틀림……!"

마음을 다잡은 다크니스가 주먹을 치켜들며 힘차게 말을 이으려던 순간, 길드의 문이 쾅 소리를 내며 열어젖혀졌다.

"어이, 다들 기뻐해! 마을 밖에 나가 있던 위즈 마도구점의 점주 씨가 약해져있던 그 몬스터에게 폭렬마법을 날려서 해치웠어!"

타이밍이 좋은지 나쁜지 판단이 서지 않는 발언이 들렸고―.

"……뭐?"

다크니스는 치켜들고 있던 주먹을 슬그머니 내렸다.

"그래. 저주를 건 본인이 소멸했기 때문에, 다크니스의 저주도 풀린 거구나. 다행이야, 다크니스. 이제 원래대로 되돌아온 거야!"

눈치 없는 아쿠아가 그렇게 말했다.

"좋아, 한 잔 하자."

"그래. 오늘도 액셀은 아무 일 없이 평화로웠던 거야."

"그 연약하고 귀여웠던 다크니스 씨는 이 세상에서 사라지고 만 거구나……."

모험가들이 입을 모아 그렇게 말하며 다크니스의 곁을 떠나는 가운데―.

"……어이, 카즈마. 약체화 저주를 쓸 수 있을 법한 다른 대정령을……."

"토벌하러 가자는 거라면 싫어."

참 운수 좋은 은발 소녀
GOD'S BLESSING ON THIS WONDERFUL WORLD! YORIMICHI!

1

이것은 우리가 마왕군 간부 베르디아를 쓰러뜨리고 막대한 빚을 지게 된 날로부터 얼마 지나지 않았을 때의 일이다.

내가 돈 벌 방법이 없나 싶어 액셀의 상점가를 돌아다니고 있을 때 눈에 익은 인물이 눈에 익은 녀석에게 잡혀 있었다.

"잠깐만 있어봐요! 아쿠아 씨, 이건 피치 못할 사정이……!"

"나를 아쿠아 씨라고 부르는 걸 보면 꽤 장래성이 있는 애 같지만, 공교롭게도 생판 처음 보는 도둑을 눈감아줄 수는 없어. ……앗?! 여기 좀 봐, 카즈마! 나, 한 건 했어! 잘은 모르겠지만, 도둑을 잡았어!"

한 사람은 칭찬해달라는 듯이 의기양양한 표정을 짓고 있는 아쿠아였다.

그리고 누군가의 지갑을 손에 쥔 크리스가 그런 아쿠아에게 꼼짝 못하게 잡혀 있었다.

"어이, 아쿠아. 놔줘. 그리고 그 사람은 생판 처음 보는 도둑이 아니라, 너도 전에 만난 적이 있는 크리스란 도적이야."

"……크리스? 그러고 보니 그런 사람을 만난 적이 있긴 해. 하지만 청렴하고 올바른 성직자인 나는 범죄를 눈감아줄 수 없어."

크리스의 등에 올라탄 아쿠아가 그렇게 말하며 지갑을 향해 손을 뻗었다.

"자, 잠깐만! 그런 게 아니란 말이야!"

지면에 쓰러진 크리스는 손에 쥔 지갑을 품에 꼭 안았다.

"—그러니까 이렇게 된 거라는 거지? 질 나쁜 모험가가 어느 풋내기 모험가에게 승부를 강요한 후, 그 지갑을 갈취했다는 거잖아. 그리고 크리스가 지갑을 소매치기한 후에 그 풋내기 모험가에게 돌려주려고 했는데…….."

"범행 현장을 목격한 제가 몰래 뒤를 밟은 후에 확 제압했어요!"

구경꾼들이 몰려왔기에 공원으로 장소를 옮긴 우리는 크리스에게 자초지종을 들었다.

아쿠아는 이야기를 들은 후에도 아직 사태 파악이 안 된 건지 여전히 의기양양한 표정을 짓고 가슴을 폈다.

"너, 이야기를 제대로 듣기는 한 거야? 크리스는 부당하게 지갑을 빼앗긴 풋내기 모험가를 위해 지갑을 되찾아준 거라고."

내 말을 들은 크리스가 고개를 끄덕이고 있을 때 갑자기 진지한 표정을 지은 아쿠아가 이렇게 말했다.

"카즈마는 바보라니깐. 설령 어떤 이유가 있더라도, 범죄는 범죄거든? 보통 지갑을 빼앗긴 풋내기 모험가는 경찰과 상의해야 정상이야."

이 녀석, 평소에는 바보 같은 소리만 하면서 웬일로 이렇게 바른 소리를 하는 거지?

"자, 그 지갑을 내놔. 내가 책임지고 그 풋내기 모험가에게 돌려줄게. 그리고 너는 아쿠시즈 교회에 가서 참회하는 거야. 네가 지닌 추악한 돈을 전부 교회에 기부해서 죄를 뉘우치도록 해. 그러면 이번만 눈감아줄 테니까……."

"아, 아쿠아 씨……."

마치 성모처럼 자비로운 미소를 지은 아쿠아가 지갑을 쥔 크리스의 손을 양손으로 살며시 감쌌다.

"……어이, 아쿠아. 너는 왜 한동안 크리스의 뒤를 밟은 후에 덮친 거야? 자초지종도 모르면서 소매치기 현장을 목격했다면, 그 자리에서 바로 주의를 주면 되는 거 아냐? 애초에 너는 그 지갑의 주인인 풋내기 모험가가 누구인지 모르잖아."

내가 그렇게 말하자 크리스와 아쿠아가 그대로 굳어버렸다.

"저, 저기, 역시 이 지갑은 내가 직접 돌려줄래……. 아, 아쿠아 씨? 저, 저기, 손에서 힘 좀 빼주면 안 될까요? 슬슬 아픈데……."

"어머, 그래? 그럼 빨리 지갑을 내놔. 네가 느끼는 고통은 나쁜 짓을 한 벌이라고 생각해. 혹시 성직자인 나를 의심하는 거야? 괜찮아. 돈을 빼돌릴 생각은 없어. 도로에서 주웠다고 말하며 답례를 받을 생각일 뿐이니까……. ……놔! 빨리 놓으란 말이야! 지갑을 내놓지 않는다면 나도 생각이 있어! 순경 아저씨한테 고자질할 거야!"

"이 사람, 진짜 최악이야! 옛날에 나를 마구 휘둘러댔던 선배와 너무 닮았어! 이름도, 얼굴도 엄청 비슷하네! 이런 곳에 있을 리 없는데 말이야!"

"정말 멋진 선배였나 보네! 카즈마도 빚을 조금이라도 줄이고 싶다면, 이 애의 손을 잡아…… 아얏!"

지갑을 빼앗으려고 하는 아쿠아를 내가 때렸고 아쿠아는 두들겨 맞은 뒤통수를 손으로 문지르며 나를 노려보더니―.

"뭐하는 거야, 이 빚쟁이 백수야! 이건 범죄자를 꾸짖는 정의로운 행위야! 빚으로 점철된 녀석이 착한 척 하지 말란 말이야!"

"네가 하는 짓도 범죄나 거의 다름없거든?! 그리고 빚쟁이 백수라고 부르지 말라고, 이 망할 녀석아! 빚은 네가 만든 건데, 마치 내가 식충이인 것 같잖아!"

"카즈마는 바보라니깐! 약자에게서 지갑을 훔친 모험가와, 그 모험가한테서 지갑을 훔친 크리스의 죄가, 나에게 기부를 한다는 선행을 통해 용서된단 말이야! 알았으면, 빨리 지갑을……."

아쿠아가 그렇게 말하면서 크리스가 있던 장소를 쳐다보니―.

"역시 잠복 스킬을 쓸 줄 아는 도적다운걸."

"앗~! 너 때문에 놓쳤잖아~!"

모처럼 한몫 잡을 기회를 날렸잖아, 같은 성직자답지 않은 발언을 늘어놓는 아쿠아와 헤어진 나는, 마음을 다잡으며 마을 안을 돌아다녔다.

대충 상점가를 돌아본 나는 이곳에 짭짤한 건수는 없다고 판단을 내렸다. 그리고 좀 수상해도 괜찮으니까 일거리가 없나 찾아보려고 인적이 드문 뒷골목을 돌아다녔는데…….

"후하하하하하하, 유감이군요! 제 눈이 빨간 동안에는, 남이 범죄를 저지르는 걸 그냥 두고 보지 않을 거라고요!"

"잠깐마아아아아안! 어째서야?! 나, 모험가 길드에서 운이 좋은 편이라 들었거든? 그런데 오늘은 왜 이렇게 재수가 나쁜 건데?!"

또 크리스가 눈에 익은 녀석에게 잡혀 있는 광경을 목격하고 말았다.

2

두 눈이 새빨갛게 빛나고 있는 메구밍이 크리스의 등에 찰싹 들러붙어서 그녀를 덮쳐누르고 있었다.

"자, 잠깐만! 잠깐만 있어봐! 부탁이야, 내가 이러는 데에는 다 이유가 있어!"

"도둑질을 한 이유 같은 건 들을 생각 없어요! 자, 아까 가게에서 슬쩍 훔쳤던 물건을 내놓으세요! 그러면 제가 관용을 베풀어서 눈감아드리…… 아얏!"

나는 메구밍의 등 뒤로 몰래 다가간 후 그녀의 뒤통수를 후려쳐서 크리스로부터 떼어냈다.

"너희는 내가 눈만 뗐다 하면 사고를 쳐야 직성이 풀리는 거야? 부탁이니까 하루에 한 명만 트러블을 일으키라고."

"무슨 소리를 하는 건지 모르겠는데, 저는 트러블을 일으킨 적 없어요! 이 절도범을 제압했을 뿐이란 말이에요!"

나한테 뒤통수를 맞은 메구밍이 그렇게 말하면서 크리스를 손가락으로 가리켰다.

"아, 아냐! 피치 못할 사정이 있어서……."

크리스는 비틀거리며 몸을 일으키더니 품속에서 돌을 꺼냈다.

그녀가 꺼낸 돌은 보는 이를 빨아들일 듯한 빛을 뿜고 있었다.

크리스는 아까까지 아쿠아와 메구밍에게 잡혀서 울며불며 버둥거리던 사람답지 않게 진지한 표정을 짓고 말했다.

"이건 마왕의 피라고 불리는 보석인데, 사악한 힘을 지녔어. 풋내기 모험가의 마을에 있어도 될 물건이 아냐."

―데자뷰를 느끼면서 근처의 공원으로 이동한 우리는 크리스에게 자초지종을 들었다.

　"즉, 그건 가지고 있는 사람에게 재앙을 가져오는 돌인 거구나?"

　"그래. 정확하게는, 소유자의 운을 저하시키는 돌이야. 권력 다툼 중인 귀족이 상대방을 무너뜨리기 위해 선물하기도 하는 저주 받은 아이템이지."

　나는 크리스의 설명을 들으면서 그 돌을 쳐다보았다.

　그러자 검은 돌을 천으로 닦으며 훈훈한 표정을 짓고 있는 메구밍의 모습이 눈에 들어왔다.

　"그렇다면 훔치지 말고 점주에게 설명을 하면 되는 거 아냐? 보석점 주인도 저주가 걸린 아이템이라는 걸 알면 순순히 내놓을 것 같은데?"

　내가 그렇게 말하자, 크리스는 고개를 저었다.

　"물론 설명은 했어. 그랬더니 그 가게의 주인은 어느 귀족이 부탁해서 일부러 구한 물건이니까 관심 끄라고……."

　그렇게 된 건가.

　그 점주는 보석이 저주가 걸린 아이템이라는 것을 알면서도, 그리고 그것이 악용될 수 있는데도 그 물건을 구해온 건가.

　"그래서, 어느 귀족의 악행을 막기 위해 돌을 훔친 거네."

"맞아. 돈 때문에 이걸 훔친 게 아냐. 게다가 나는 도적 직업이라서 이래 봬도 운이 엄청 좋거든. 이 돌을 가지고 있더라도, 웬만해서는 불행한 일이 일어나지 않을 거야."

……으음.

아까 전의 소매치기와 이번 절도는 엄연한 범죄지만 자초지종을 들으니 무턱대고 크리스를 비난할 수 없었다.

크리스도 자신이 한 짓이 범죄라는 것을 알고 있으리라.

그녀는 미안하다는 표정을 짓더니 아직도 돌을 응시하고 있는 메구밍을 향해 손을 내밀었다.

"그러니까, 그 돌을……."

"싫어요."

방금 설명을 제대로 듣지 못한 건지, 메구밍은 돌을 꼭 끌어안고 딱 잘라서 그렇게 말했다.

"어이, 그건 가지고 있기만 해도 불행해지는 돌이라고. 우리는 안 그래도 운이 더럽게 나쁘잖아. 그런 건 빨리 버려."

그렇게 말한 나는 메구밍에게서 돌을 빼앗으려고 했지만—.

"싫어요. 데몬 블러드라는 이름도, 광채를 뿜는 듯한 검은색도 마음에 든단 말이에요. 이런 보물을 버린다는 건 말도 안 되는 짓이에요. 저주 받은 아이템이라는 점도 마음에 드는 데다, 저희는 지금보다 더 불행해질 리가 없잖아요. 이렇게 된 거 확 갈 데까지 가보자고요."

"너 지금 무슨 소리를 하는 거야. 지금보다 더 불행해지는 것도 충분히 가능하거든?! 내가 꼴깍 죽는다던가 말이야! 잔말 말고 빨리 그걸 내놔! 이, 이 녀석, 마법사 주제에 왜 이렇게 악력이 센 거야?!"

"제 악력이 센 게 아니라 카즈마가 약한 거예요. 그리고 이건 전부터 제가 눈독들이고 있었던 물건이라고요! 절대 아무한테도 안 줄 거예요!"

메구밍은 그런 소리를 지껄이며 돌을 꼭 끌어안더니 지면에 엎드린 후 거북이처럼 몸을 동그랗게 웅크렸다.

전부터 눈독들이고 있었다고……?

"너, 그 보석을 차지하려고 크리스가 절도를 한 순간이 아니라 이런 뒷골목에서 덮친 거구나!"

"뭐어?!"

내 말을 들은 크리스는 깜짝 놀랐고 메구밍은 몸을 동그랗게 만 채 고개만 들고 씨익 웃었다.

"후후, 역시 카즈마는 눈치가 빠르네요. 맞아요. 이 모든 건 제가 계획한 책략이에요! 오늘도 가게 주인한테 쓴 소리를 들으면서 쇼윈도에 들러붙어 이 보석을 쳐다보고 있었는데, 수상쩍게 행동하는 크리스를 봤죠. 그 순간, 크리스도 저와 마찬가지로 이 돌이 뿜는 찬란한 빛에 마음을 빼앗긴 게 틀림없다고……."

"아냐! 나는 그런 돌의 빛 같은 것에는 관심 없어! 홍마족과 똑같은 수준으로 여기지 말아줄래?!"

크리스가 몸을 웅크린 메구밍에게 들러붙은 뒤 그녀의 몸을 흔들어대고 있을 때였다.

"그래요. 거기서 크리스가 절도를 하는 광경을 몰래 지켜본 후, 고자질을 당하기 싫으면 이 돌을 내놓으라고 교섭할……!"

"아쿠아만이 아니라 너도 그런 짓을 벌인 거냐?! 너희는 왜 이렇게 썩어빠진 거야?! 너희가 하는 짓도 어엿한 범죄라고!"

나와 크리스는 메구밍한테서 돌을 빼앗으려 했지만, 둘이서 달려드는 데도 메구밍은 꿈쩍도 하지 않았다.

이윽고 소동이 일어났다는 걸 눈치챈 구경꾼 몇 명이 몰려들었다.

이 방어 형태는 이런 사태까지 고려했던 것인지 메구밍이 갑자기 고함을 질렀다.

"도와줘요! 누가 사람 좀 불러주세요! 이 남자가 저의 소중한 걸 빼앗으려고 해요!"

"너, 너는 정말……!"

메구밍이 말도 안 되는 소리를 하자 주위의 구경꾼들이 웅성거렸다.

"저 녀석은 그 소문 자자한 팬티 벗기기범 아냐?"

"맞아! 남의 팬티를 벗긴 걸로 모자라, 그걸 가지고 돈까지 뜯어내는 쓰레기 자식이야!"

틀리지는 않은 말이 주위에서 들려왔기 때문에 나는 정신적으로 무너질 것만 같았다.

"젠장! 크리스, 이대로는 위험해! 후퇴하자!"

"뭐?! 나, 나도 도망쳐야 하는 거야?!"

"당연하잖아! 사실 나는 도망칠 필요가 없다고! 경찰이 와서 곤란해지는 건 바로 너란 말이다!"

나와 크리스는 몰려든 사람들을 헤치며 의기양양한 표정을 짓고 있는 메구밍 앞에서 도망쳤다.

3

……대체 어쩌다 이렇게 된 것일까.

나와 크리스는 추격자를 뿌리치기 위해 복잡한 뒷골목을 뛰어다녔다.

"저기, 나는 옛날부터 운이 좋은 편이었는데 왜 이런 일이 벌어지는 거야?! 너희와 얽히면 팬티가 벗겨지지 않나, 이렇게 사람들에게 쫓기지 않나, 항상 재수 없는 일에만 휘말린단 말이야!"

"팬티 건은 크리스가 나한테 승부를 하자고 했고, 이렇게 쫓기는 것도 네가 절도를 했기 때문이잖아! 아니, 잘 생각해 보니 나까지 쫓길 필요는 없잖아!"

그렇다. 나는 왜 크리스와 같이 도망치고 있는 걸까.

범죄를 저지른 건 크리스이고 나는 아무 짓도 하지 않았다.

그것을 눈치챈 나는 걸음을 멈추려고—.

"저기, 설마 이제 와서 혼자만 빠져나갈 생각인 건 아니지? 우리의 만남은 그렇게 가볍지 않았고, 지금은 뜨거운 우정으로 이어진 동료잖아?!"

"처음 만났을 때 스킬을 가르쳐줬을 뿐이고, 뜨거운 우정이고 자시고 간에 그 후로 만난 적이 한 번도 없다고! 잠깐만, 나까지 공범자로 몰리니까 들러붙지 마!"

나는 이 자리를 벗어날 생각이었으나 크리스가 내 팔을 잡고 한사코 놓지 않았다.

바로 그때였다.

"어이, 이쪽에서 목소리가 들리지 않았어?"

"……그래? 일단 살펴볼까."

그런 대화 소리가 들린 순간, 나와 크리스는 골목의 그늘진 부분에 몸을 숨기면서 잠복 스킬을 사용했다.

"어? ……이상하네. 분명 목소리가 들렸는데……."

모퉁이 너머에서 이쪽을 쳐다본 경찰관이 고개를 갸웃거렸다.

그리고 무슨 생각인 건지 크리스가 작게 소리를 냈다.

"야, 야옹~."

이 상황에서 고양이 흉내를 낸다고 먹힐 리가 없잖아!

"뭐야. 네로이드인가?"

"뒷골목에 많거든. 잡아서 용돈벌이라도 하고 싶지만, 지금은 일하는 중이잖아. 내버려두고 빨리 가자."

그런 대화가 들린 후, 기적 두 개가 사라졌다.

"……저기, 이 마을에서 때때로 듣는 네로이드라는 게 대체 뭐야? 마시면 슈와슈와~ 한다는 말을 들어서 탄산 같은 건 줄 알았는데, 혹시 생물이었어?"

"네로이드는 네로이드야. 뒷골목에 숨어서 야옹~ 하고 우는데, 마시면 슈와슈와~ 하는 느낌이 나는 생물이야."

네로이드란 생물에 대한 수수께끼가 내 안에서 점점 깊어만 가고 있는 가운데, 크리스가 휴우 하고 숨을 토했다.

"그건 그렇고, 방금은 위험했어. 그래도 평소 하는 일보다 스릴이 넘쳐서 조금 즐겁네."

그렇게 말한 크리스는 구김 없는 미소를 지었다.

"……그건 그렇고, 크리스는 항상 이런 일을 하는 거야? 세상을 바로잡는 일 말이야."

절도라는 행위 자체는 칭찬 받을 일이 아니다.

하지만 사법기관에서 움직일 수 없는 경우도 있다.

그렇게 생각하면 크리스가 하는 일을 무턱대고 비난할 수는 없다.

"맞아~. 다크니스가 너희 파티에 들어간 후로는 모험에 나갈 일이 없어져서, 마을 안에서 이런 일만 하고 있어. ……풋내기 모험가를 보면 내버려 둘 수가 없거든."

그러고 보니 내가 스킬을 익히고 싶어 할 때 크리스가 나에게 말을 걸었다.

어쩌면 이 녀석은 곤란해 하는 사람을 내버려두지 못하는 타입일지도……

"……윽, 하마터면 속을 뻔 했네. 잘 생각해보니 나에게 스킬을 가르쳐줄 때, 갑자기 승부를 하자고 하면서 내 전 재산을 탈탈 털어가려고 했잖아. 아까 크리스는 질 나쁜 모험가가 풋내기 모험가와 억지로 승부를 벌여서 지갑을 갈취하는 걸 보고 나섰다고 했지? 너도 전에 나한테 똑같은 짓을 하지 않았어?"

"자~, 조금은 추격이 느슨해진 것 같으니까 슬슬 장소를 바꾸자. 아까 피해를 봤던 풋내기 모험가 군한테 지갑을 돌려주고 답례를 약간 받았거든. 오늘은 내가 살 테니까, 크림슨 비어라도 한 잔 하러 가자!"

"어이, 술 사준다고 그냥 넘어갈 거라고 생각하지 마! 나도 약해빠진 풋내기 모험가였잖아! 그런 사람의 지갑을 강탈하려고 했으면서, 반성도 안 하는 거냐?!"

"너, 너한테 팬티를 빼앗기고 그런 짓에 질린 거야! 그 일은 떠올리기도 싫으니 그만 언급해줄래?!"

—크리스가 술 한 잔 산다는 말에 모험가 길드로 이동한 우리는 대낮인데도 불구하고 거나하게 취했다.

"푸핫~! 역시 낮술은 각별하다니깐!"

"인간 말종 같은 발언이네. 뭐, 나도 같은 생각이지만."

이 세상에 온 후로 술맛을 알게 된 나는 대낮부터 술 마시는 즐거움에 완전히 빠지고 말았다.

음주는 자기 책임.

결혼은 열네 살부터 가능.

이렇게 법률과 조례가 관대한 점은 이세계에 오기 잘했다고 생각하는 요소 중 하나다.

입가에 거품이 묻은 크리스가 시원한 크림슨 비어를 맛있게 들이켜자 나도 덩달아 술을 들이켰다.

"이래 봬도, 나는 평소에 성실하게 일하거든. 때로는 이렇게 기분 전환을 하고 싶을 때가 있어."

"어이, 크리스. 오늘 하루 동안 그렇게 남의 물건을 훔쳤으면서, 자기가 성실하게 일한다는 소리를 하는 거야?"

"그, 그건 어디까지나 다른 일이거든? 오늘 일은 기분전환을 위한 취미 같은 거야!"

허둥대며 그렇게 말하는 크리스를 내가 미심쩍다는 듯이 쳐다본 바로 그때였다.

"아~! 여기 있었구나! 게다가 나를 제쳐두고 둘이서 낮술을 마셔?! 진짜 배짱 좋네!"

갑자기 고함이 들려온 곳을 향해 고개를 돌리자 진흙 범벅이 된 아쿠아의 모습이 눈에 들어왔다.

"너, 이제까지 뭐하고 있었던 거야?"

"뭐하긴 뭐해. 저기 있는 범죄자를 잡으려고 사방을 뒤지고 다녔단 말이야!"

"아, 아쿠아 씨! 목소리가 너무 커요!"

크리스가 허둥지둥 자리에서 일어나더니 아쿠아에게 뛰어가서 입을 막았다.

하지만 아쿠아는 짜증난 듯이 그 손을 떨쳐내며 말을 이었다.

"목소리 큰 게 뭐 어때서?! 너를 찾다 남의 집에 들어가서 개에서 쫓기지 않나, 울며불며 도망치다 넘어져서 진흙 범벅이 됐단 말이야! 홧김에 확 경찰 아저씨를 불러……. 앗, 이 손은 뭐야?! 카즈마까지 뭐하는 거야?! 너희 둘 다 손 치우란 말이야!"

4

시원한 크림슨 비어를 단숨에 들이켠 아쿠아는 행복에 겨워하며 한숨을 토했다.

"푸핫~! 역시 낮술은 각별하네!"

아쿠아는 누구누구 씨와 비슷한 말을 늘어놓더니 우리 앞에 있던 안주를 먹었다.

그런 아쿠아를 본 크리스가 기쁜 표정으로 말했다.

"맞아요, 아쿠아 씨는 뭘 좀 아네요! 평소 성실하게 일하는 만큼, 이런 소소한 일탈이 즐거운 거잖아요!"

"그러는 크리스도 뭘 좀 알잖아. 맞아. 대낮에 마시는 술은 하루하루를 열심히 산 나에게 주는 상이야. 성직자는 말이지? 항상 사람들의 모범이 되어야 하기 때문에 정신적으로 지치기 마련이야. 항상 남들 시선을 신경 써야 해서 피곤하다니깐."

"성직자도 때로는 한숨 돌리고 싶을 때가 있는 거잖아요! 이해해, 이해하고말고요!"

평소에 전혀 열심히 살지 않는 성직자가 그렇게 말했고 크리스는 그 말에 깊이 공감한 것처럼 몇 번이나 고개를 끄덕였다.

"저기요~. 여기에 시원한 크림슨 비어를 두 잔 더 줘요~!"

"그리고 개구리 튀김 2인분 추가야!"

그리고 크리스가 길드 주방을 향해 그렇게 말하자 아쿠아도 냉큼 추가 주문을 했다.

─크리스를 신고하려던 아쿠아는 지갑을 되찾은 풋내기 모험가에게 받은 사례로 한턱 쏘겠다는 말에 간단히 함락

됐다.

그리고 현재, 셋이서 술을 마시고 있는데……

"그건 그렇고 크리스와 제대로 이야기를 나누는 건 처음 인데, 의외로 꽤 괜찮은 사람이네. 에리스 교도인 게 유감이 야. 무교였다면 아쿠시즈교로 권유했을 거야."

"이야~ 아쿠아 씨야말로 처음에는 내가 질색하는 선배를 쏙 빼닮은 것 같아서 다가가기 어려웠는데……. 이렇게 이야 기를 나눠보니 하나도 안 닮았네요!"

이 두 사람은 아까까지만 해도 말다툼을 벌였지만—.

"크리스 같은 싹싹한 후배가 질색을 하는 선배라면, 진짜 문제 많은 사람이겠네. 만약 그 사람이 이곳에 온다면 내가 단단히 꾸짖어줄게."

"이야, 아쿠아 씨는 참 상냥하네요. 선배가 아쿠아 씨를 눈곱만큼이라도 본받았으면 좋겠다니까요."

지금은 이렇게 의기투합을 했다.

두 사람은 개구리 튀김을 먹으면서 술잔을 연거푸 들이켰다.

아쿠아가 술을 좋아한다는 건 알고 있었으나 크리스도 상 당한 애주가 같았다.

"나야말로 크리스를 오해했어. 카즈마 같은 풋내기 모험가 한테서 돈을 뜯어내려고 했던 교활한 도적인 줄 알았는데, 실은 이렇게 선량한 애였구나. 절도는 나쁜 짓이지만 부당 한 수단으로 빼앗긴 물건을 되찾아주려고 한 것이라면, 무

조건 악행이라 할 수도 없을 거야."

"고마워요. 처음에 아쿠아 씨한테 잡혔을 때만 해도 당신이 악을 용납하지 않는 고지식하고 성실한 성직자라고 생각했거든요? 하지만 실은 이해심이 많고 너그러운 사람이라 안심했어요!"

볼이 약간 빨개진 크리스가 즐거운 말투로 그렇게 말했다.

아쿠아가 성실한 성직자라니, 이 녀석을 잘 모르는 사람의 눈에는 그렇게 보이는 걸까.

"나는 꽤 사고방식이 유연한 편이거든? 내 후배 중에는 규칙을 절대 어기면 안 된다며 잔소리만 해대는 애가 있는데, 그 애한테 크리스의 유연한 사고방식을 나눠주고 싶다니깐."

"아쿠아 씨에게 그런 말을 듣는 걸 보면, 진짜 문제가 많은 사람 같네요. 아쿠아 씨처럼 유연한 사고방식을 가진 분이야말로 성직자로 적합하다고 생각해요. 인간은 자유로운게 최고죠. 고지식하고 성실한 건, 세계의 관리 같은 중요한 임무를 맡은 여신만으로 충분하다고 생각해요."

"나는 여신도 자유로워야 한다고 생각하지만 말이야. 아무튼, 크리스는 뭘 좀 아네. 내 후배가 너 같은 애라면 얼마나 좋을까? 규칙에 얽매여 살다 보면 숨이 막히거든. 그 애의 고지식한 면이 걱정되어서, 나도 술을 맛있게 마시는 법과 내가 관리하던 곳에 전해져 오던 괴도 이야기를 알려줬는데…… 지금은 뭘 하고 있을지 모르겠네……"

아쿠아는 뭔가를 추억하는 표정을 지으며 즐거운 듯이 말했다.

이 두 사람은 아까부터 내가 끼어들 여지가 없을 정도로 호흡이 잘 맞았다.

마치, 내가 모르는 곳에서 오랫동안 함께해왔던 것처럼 말이다.

5

우리가 한동안 술을 마시고 평화로운 분위기에 젖어있을 때였다.

"앗! 저 사람은 크리스가 소매치기를 했던 사람 아냐?"

아쿠아가 그렇게 말하면서 손가락으로 가리킨 곳에는 이 마을에서 처음 보는 모험가가 있었다. 인상이 험악해 보이고 장비가 새것 같지만 몸놀림이 풋내기 같아 보이지 않는 모험가였다.

나는 술집에서의 정보 수집이 모험가의 기본이라 생각하기에 이 마을 모험가 대부분과 교류를 했고 길드에 소속된 모험가 대부분의 얼굴을 안다.

하지만 언짢은 표정으로 술을 마시고 있는 저 남자는 내 기억에 없었다.

아마 최근에 다른 마을에서 온 사람일 것이다.

바로 그때, 무슨 생각인 건지 아쿠아가 자리에서 일어났다.

"아까는 저 사람이 피해자인 줄 알았는데, 크리스의 설명을 듣고 생각이 바뀌었어! 크리스, 잘 봐. 내가 이제부터 성직자답게 저 모험가에게 따끔한 맛을 보여줄 거야!"

"예?!"

술을 마신 데다 크리스에게 칭찬을 듣고 대범해진 아쿠아가 그런 말을 하며 저 남자를 향해 걸어갔다.

"저, 저기, 카즈마. 아쿠아 씨를 안 말려도 괜찮겠어?"

"괜찮아. 그냥 내버려둬. 어차피 일방적으로 시비를 걸다, 거꾸로 상대방에서 설교를 듣고 엉엉 울며 돌아올 거야."

"그건 전혀 괜찮지 않거든?!"

나와 크리스가 말다툼을 하는 사이, 아쿠아가 그 남자 앞에 섰다.

그 남자가 미심쩍은 듯이 쳐다보자 아쿠아는 팔짱을 끼고 입을 열었다.

"너, 못 보던 얼굴이네! 나는 아쿠아야. 이 마을에서 나를 모른다고 말했다간 세상 물정 모르는 두더지 취급을 받을 정도로 유명한 아크 프리스트, 아쿠아 님이지!"

길드 안에서 잡담을 나누던 사람들이 그 큰 목소리를 듣고 아쿠아를 주목했지만 이 소동을 일으킨 이를 보자마자 관심을 끈 후 다시 고개를 돌렸다.

갑자기 나타난 아쿠아와 주위의 반응을 보더니 그 모험가는 당황했다.

그러나ㅡ.

"우연히 들었는데, 너는 풋내기뿐인 이 마을에서 특히 약해 보이는 애를 골라서 승부를 강요한다면서?"

아쿠아가 이어서 그렇게 말하자 그 남자는 웃음을 흘렸다.

"어이, 누구한테 들은 건지는 모르겠지만 괜한 트집 잡지말라고. 나는 상대의 동의를 얻고 승부를 하거든? 그리고나는 풋내기 녀석들에게 유리한 조건으로 승부를 벌인다고. 승부라는 건 자기 책임이잖아. 승부를 받아들였으면서, 졌다고 그런 소문을 퍼뜨리는 건 너무한 거 아냐?"

그렇게 말한 뒤 어깨를 으쓱한 그 남자가 술을 들이켰고아쿠아가 점점 눈을 부릅떴다.

"동의니, 조건이니, 자기 책임이니 같은 어려운 말로 얼버무리려고 해봤자 안 통해! 잘은 모르겠지만, 잘못한 사람은바로 너야! 왜냐하면 너는 딱 봐도 수상하게 생겼거든!"

"갑자기 무슨 소리를 지껄이는 거야? 사람을 겉모습으로 판단하는 게 말이 되냐! 좀 논리적으로 말을 해보란 말이다!"

"뭐?! 논리 같은 어려운 말을 해봤자 나는 안 속아! 사람을 보는 눈이 정확한 내 말이니 틀림없어! 이건 한 점 흐림없는 눈을 지닌 여신의 감이야!"

"됐으니까 빨리 꺼져! 내 감과 적 탐지 스킬이 너와 얽히지 말라고 외치거든! 여신은 무슨, 빨리 안 꺼지면 확 땅콩을 던질 거다!"

결국 아쿠아는 울상을 짓고 우리 자리로 돌아왔다.

"……거 봐."

"거 봐는 무슨, 아쿠아 씨가 울먹거리고 있잖아!"

아쿠아는 울먹거리면서 내 어깨를 움켜쥐더니 흔들어댔다.

"카즈마, 내 원수 좀 갚아줘! 저 사람한테 말싸움으로 졌단 말이야! 저 사람, 어려운 말을 섞어가며 변명을 늘어놓고 있어! 카즈마 씨는 약해빠져서 전혀 믿음직하지 않지만, 잔꾀 하나는 끝내주는 백수라서 말빨로는 아무한테도 안 지지?!"

"너, 저 모험가만이 아니라 나한테도 시비 거는 거냐?"

아쿠아가 엉엉 울며 매달리자 나는 아이디어를 하나 내줬다.

내가 한 귓속말을 듣고 고개를 끄덕인 아쿠아가 다시 그 남자에게 다가갔다.

"─아까는 어려운 말로 나를 현혹했지?! 머리가 꽤 돌아가나 본데, 이번에는 그렇게 안 돼!"

"너, 또 온 거냐……. 이 땅콩 줄 테니까 그냥 돌아가라고."

아쿠아는 그 남자가 내민 접시를 건네받더니 그 접시에 놓인 땅콩을 씹어 먹으며 말했다.

"그러케는 안 대. 이버네는 나와 승부하자."

"······남의 안주를 먹어치운 걸로 모자라 승부를 하자는 거야? 너, 진짜로 성직자 맞아? 뭐, 승부를 하는 건 괜찮지만······."

그 남자는 약간 질린 반응을 보였으나 승부에는 자신이 있는지 아쿠아의 도전을 받아줬다.

"저기, 아쿠아 씨는 괜찮을까? 저 남자, 풋내기가 아닌 것 같거든. 어떤 승부를 하려는 건지는 모르겠지만, 상대방이 유리한 거 아냐?"

보통은 그렇게 생각할 것이다.

하지만─.

"걱정할 필요 없어. 아쿠아 녀석은 저래 봬도 지력과 운 이외의 스테이터스가······."

내가 거기까지 말한 바로 그때였다.

"누가 더 운이 좋은지로 승부하자. 주사위를 굴려서 1에서 4까지의 숫자가 나오면 네가 이기는 거고, 5나 6이 나오면 내가 이기는 거지. 어때? 네가 더 유리한 조건이지? 아무리 풋내기 모험가라도 운은 레벨의 영향을 거의 받지 않잖아."

큰일 났다. 높은 확률로 아쿠아가 지게 생겼다.

"그래. 저 승부라면 확실히 아쿠아 씨가 유리할 거야."

"아냐. 예상이 빗나갔어. 아쿠아가 질 거야."

저 녀석은 지력과 운 스테이터스가 지독하게 낮은 것이다.

"뭐?! 에이, 아크 프리스트는 도적 직업에 버금갈 정도로 운 스테이터스 상승폭이 큰 직업이잖아? 저 모험가도 도적 직업 같지만, 그래도 저런 조건으로 승부한다면 아쿠아 씨가 질 리……."

크리스는 그렇게 말했으나 그 발언 자체가 플래그가 됐다.

남이 이렇게 기대를 걸고 있으니 아쿠아는 높은 확률로 질 것이다.

"……흐흥, 이제 알겠어. 너, 겉모습은 풋내기 같지만 실은 꽤 고레벨 모험가지? 다른 마을에서 나쁜 짓을 저질러 있을 수 없게 됐나 보네. 그리고 높은 스테이터스를 활용해, 자기가 약간 불리한 조건인 승부를 제시한 후, 스테이터스가 낮은 모험가에게서 돈을 뜯어낸다! 그렇게 된 거 맞지?!"

아쿠아는 자신만만한 어조로 그렇게 선언했고 그 남자는 분하다는 듯 인상을 찡그리며 말했다.

"큭……. 이 마을에 온 지 얼마 되지도 않았는데 벌써 들통이 날 줄이야. 어쩔 수 없지. 다른 마을에……."

"뭐, 그런 건 아무래도 상관없어! 자, 주사위를 꺼내! 빨리 승부를 하잔 말이야!"

"……뭐?"

아쿠아는 저 남자의 정체를 간파했는데도 승부를 하려고 했다.

보다 못한 나는 아쿠아에게 다가가서 말했다.

"어이, 저 녀석의 수작을 간파했으니까 이대로 마을에서 쫓아내면 다 해결되는 거잖아. 그런데 왜 승부를 하려는 건데?"

"카즈마는 멍청하다니깐. 모처럼 저 남자의 수법을 알았잖아? 잘 들어. 먼 옛날의 위대한 선현께서 이런 말을 했어. 적을 알면 백 번 정도 싸워도 높은 확률로 이긴다고 말이야."

그건 적을 알고 나를 알면 백전백승, 이라는 말이다.

하지만 그 말이 적용되려면 너는 우선 자기 실력을 알아야 한다고……

하지만 나와 크리스는 이 승부를 말리는 건 무리라는 사실을 눈치챘다.

주위에 있던 모험가들이 소동이 일어났다는 것을 알고 구경꾼으로 변한 것이다.

아니, 이미 누가 이길지를 가지고 내기를 하기 시작했다.

"좋아. 그럼 승부를 시작해볼까. 판돈은 서로의 지갑 안에 든 내용물이다. 그리고 다시 룰을 설명하자면, 승부는 주사위를 던져서 나온 숫자로 판가름되지. 1에서 4까지의 숫자가 나오면 네가 이기고, 5나 6이 나오면 내가 이기는 거야. 원한다면 이 주사위에 손을 써둔 건지 아닌지 살펴봐도 돼."

"나의 이 한 점 흐림 없는 눈이, 주사위에 속임수를 써두지 않았다고 말하네. 자, 다른 룰이나 금지사항은 없는 거야?"

"그래. 그것 말고는 딱히……."

남자가 말을 이으려 하던 바로 그때였다.

"그래. 다른 금지사항은 없는 거구나! 그럼 간다, 『블레싱』!"

"앗! 이, 이 녀석이……!"

아쿠아는 상대방에게 금지사항이 없는지 확인한 후 일시적으로 운을 상승시켜주는 마법을 펼쳤다.

그러자 눈앞에 있는 남자뿐만 아니라 구경꾼들에게도 비난을 당했다.

"어이, 아쿠아 씨! 너무 비겁한 거 아냐?!"

"나는 네가 진다는 쪽에 걸었다고! 정정당당하게 승부하란 말이야!"

"시끄러워! 제삼자는 입 다물어! 그리고 지금은 다른 마을에서 온 외부인이 아니라 나를 응원해야 하는 상황 아냐?! 나를 응원하지 않을 거면 빨리 꺼져! 그래도 구경을 할 거면 돈을 받을 거야!"

아쿠아가 구경꾼들과 다투는 광경을 본 크리스는 딱딱하게 굳은 표정으로 혼잣말을 중얼거렸다.

"……아까부터 선배를 닮은 것 같다고 생각했지만, 역시 아닌 것 같네. 선배라도 이렇게까지는 안 해. 그래, 안 할 거야……."

나는 혼잣말을 중얼거리는 크리스를 곁눈질한 후 구경꾼들이 벌인 내기에 꼈다.

"아쿠아가 진다는 쪽에 만 에리스."

"어째서야~! 이 상황에서는 나한테 걸어야 하는 거 아냐?! 좋아, 보기나 해! 내가 이긴다면, 그 내기의 주최자한 테서 1할 정도를 징수할 거야!"

그런 쪼잔한 소리를 늘어놓는 자칭 여신이 자신만만한 표정으로 주사위를 쥐며 선언했다.

아까 전의 블레싱과 방금 발언을 통해 보너스 획득은 확정된 것이나 다름없다.

"자, 간다! 거 봐~, 내가 졌……. 어째서야~?!"

아니나 다를까 패배한 아쿠아에게 모험가들의 원성이 쏟아졌다.

"인마, 블레싱까지 썼으면서 진 거냐?!"

"대체 평소 행실이 얼마나 나쁜 거야?! 너에게 걸었던 기대를 돌려줘!"

"되게 시끄럽네! 멋대로 내기를 해놓고 졌다고 나한테 불평하지 마! ……우에에에에엥, 내 지갑~!"

아쿠아가 다른 모험가와 다투는 사이, 대전 상대인 남자는 테이블 위에 놓인 지갑을 쥐었다.

"시답잖은 잔재주를 부렸을 때는 지는 줄 알았지만, 결국은 내가 이겼군. 약속대로 이 지갑은…… 어이, 300에리스밖에 안 들어 있잖아~! 이딴 금액으로 승부를 하자고 한 거냐?! 아무리 그래도 이건 너무 푼돈이잖아!!"

"나는 빚이 많거든? 이게 진짜로 전 재산이야! 그것보다 약속대로 지갑 안의 내용물은 전부 줄 테니까, 그 지갑은 돌려줘! 카즈마 씨한테 판타지 세계의 모험가한테 어울리지 않는 지갑이니까 나에게 달라고 졸라서 얻어낸 일본제 지갑이란 말이야!!"

아쿠아가 지갑을 내놓으라면서 한 말을 들은 그 남자가 손에 쥔 지갑을 다시 쳐다보았다.

"……흐음. 판타지니 일본제니 같은 말은 어떤 의미인지 모르겠지만, 이 지갑은 꽤 희귀한 건가 보군. 어쩔 수 없지. 이걸로 봐주겠어."

"승부에 건 것은 지갑 안의 내용물이잖아! 거짓말쟁이! 룰을 지키지 않았으니까 이 승부는 무효야, 무효! 지갑까지 가지겠다니, 완전 강도네! 300에리스도 안 줄 거야! 돌려줘! 안 그러면, 네가 묵는 숙소에 철판과 강철 신발을 가지고 가서 밤새도록 탭댄스를 출 거야!"

"요상한 짓거리 하지 마! 그리고 블레싱까지 쓴 녀석이 룰을 지키지 않는다는 소리를 할 자격이 있을 것 같아?!"

두 사람은 지갑을 차지하기 위해 다퉜다.

한숨을 내쉰 나는 성가신 일에 휘말렸다는 것을 자각하고 고개를 저었다.

그리고 그 남자 앞에 나서면서—

"어이, 이번에는 나와 승부하지 않겠어? 너는 그 지갑만

걸면 돼. 이번에는 블레싱도 안 쓸게. ……어때?"

그렇게 말한 나는 자신만만한 미소를 지으며 지갑을 꺼내 들었다.

그 남자는 경계심이 섞인 눈길로 나를 쳐다보더니「재미있 군」하고 작은 목소리로 중얼거렸다.

"이 마을에는 풋내기 모험가뿐이라고 들었는데, 너 같은 녀석도 있었던 거냐."

그 남자는 그렇게 말한 뒤 자신만만하게 웃더니―.

"좋아. 승부를 받아주지. 그럼 혹시 모르니 지갑 안의 내 용물을……. 어, 너도 800에리스뿐이잖아! 이 자식들이 하 나같이 나를 바보 취급하는 거냐!!"

내용물을 확인하자마자 내 지갑을 바닥에 던져버렸다.

"어이, 이 상황에서 지갑 안을 살피는 건 너무 좀스럽지 않아? 당당하게 승부를 받아들이라고."

"맞아. 분위기라는 걸 살피는 게 어때?"

평소 분위기를 살피지 못하는 걸로 정평이 나 있는 녀석 한테 그런 소리를 듣자 그 남자는 얼굴을 시뻘겋게 붉혔다.

"좋아. 이 지갑은 절대 돌려주지 않겠어. 고소를 당하는 한이 있더라도 말이야. 너희한테는 절대 안 줄 거라고!"

"카즈마, 어쩌지? 이 사람, 완전 유치하기 그지없어!"

"젠장, 성가신 녀석과 얽혔군…….."

"돈도 없으면서 나한테 시비를 건 너희한테 그런 소리를 들고 싶지는 않다고!"

우리가 지갑을 되찾을 방법이 없는지 고민하고 있을 때였다.

"……저기, 나와 승부 안 할래?"

지금까지 침묵을 지키고 있던 크리스가 입을 열었다.

그 남자는 미심쩍은 눈길로 크리스를 쳐다보았다.

"보아하니 당신은 도적이지? 나도 보다시피 도적 직업이야. 그럼 스틸은 쓸 수 있지?"

그 남자는 크리스의 말을 듣고 고개를 끄덕였다.

"그렇다면 서로에게 스틸을 거는 승부를 하는 건 어때? 나는 돈을 가지고 있고, 더 값나가는 것도 있어."

크리스는 허리에 찬 단검을 보여줬다.

"1등상은 이 마법이 부여된 단검이야. 이건 40만 에리스가 넘어. ……자, 나와 승부 안 할래?"

그렇게 말한 크리스는 즐거운 듯 웃음을 흘렸다.

6

액셀 마을이 저녁노을에 물든 가운데, 우리는 숙소인 마구간으로 향했다.

"하아, 너도 배짱이 참 좋네. 푼돈만 든 지갑으로 그런 허세를 부린 줄은 꿈에도 몰랐어."

"그러는 크리스야말로 여전히 수법이 악랄했잖아. 스틸로 돌멩이를 훔친 그 사람의 표정은 정말 볼만했다고."

나와 크리스는 그런 대화를 나누며 웃음을 터뜨렸다.

"저기, 크리스. 지갑을 되찾아줘서 고마워. 지금의 내가 해줄 수 있는 건 딱히 없지만, 만약 에리스교에서 아쿠시즈교로 개종하고 싶어지면 언제든 나를 찾아와. 성심성의를 다해 도와줄게."

"아, 예……. 저기, 마음만 감사히 받을게요……."

크리스는 뭔가 할 말이 있는 것 같았지만 아쿠아는 그저 순진무구한 미소를 흘렸다.

그런 아쿠아의 얼굴을 보면서 나와 크리스는 미소를 머금었다.

─이대로 이야기가 원만하게 마무리될 거라고 생각한, 바로 그때였다.

"아아아아아아아아! 아, 안 돼애애애애애애!"

"안 되기는 무슨! 대체 그걸 어디서 손에 넣은 것이냐!"

귀에 익은 목소리가 들렸다.

이대로 마구간에 가서 느긋하게 쉬고 싶었다.

하지만 그럴 수는 없을 것 같았다.

우리가 목소리가 들린 방향을 쳐다보니 아니나 다를까─.

"너희 지금 뭘 하고 있는 거야?"

"음, 카즈마냐. 아쿠아와 크리스도 같이 있구나. 우리는 지금까지 고생이 이만저만이 아니었다."

액셀 마을의 대로에서 뭔가를 꼭 안은 채 지면에 엎드려 있는 메구밍과 다크니스의 모습이 눈에 들어왔다.

그런 메구밍과 다크니스는 다수의 경찰관에게 포위를 당해 있었다.

"……상황을 설명해봐."

"음. 실은 가지고 있기만 해도 멋진…… 아니, 불행……. 아니, 역시 멋진 일이겠지! 아무튼, 가지고 있기만 해도 운 스테이터스가 낮아지는 멋진 아이템이, 어찌 된 영문인지 하필이면 메구밍에게 넘어가고 말았다."

나에게 그렇게 말하면서 경찰관들을 향해 제지하듯 손바닥을 내민 다크니스는 자신의 발치에서 몸을 동그랗게 말고 있는 물체를 쳐다보았다.

"이 보석은 절대 넘겨주지 않을 거예요! 이건 제가 주운 물건이니까, 약 1할 가량의 소유권을 요구하겠어요!"

평소 보석에는 흥미가 없던 메구밍은 저 보석에 완전히 매료된 것 같았다.

"이익, 이제 그만 그걸 넘겨라! 평소에는 금전에 관심이 없던 네가 왜 그 보석에 집착하는 것이냐"

"이 검은 광채와 윤기, 데몬 블러드라는 이름, 그리고 저주가 걸렸다는 점 등, 이렇게 홍마족에게 어울리는 물건은 없단 말이에요!"

이 멍청아!

"저기, 그건 가지고 있기만 해도 불행해지는 돌이라고! 오늘만 해도 이미 성가신 일에 어마어마하게 휘말렸단 말이야! 더는 문제를 늘리지 말라고!"

"불행해진다는 건 미신이에요! 저는 그런 미신에 휘둘리지 않아요!"

"바보, 지금이라도 경찰에게 끌려갈 것 같은 이 상황에서 무슨 소리를 하는 거야?! 너는 이미 불행해졌다고!"

메구밍은 내 말을 들은 척도 하지 않고 한사코 보석을 넘겨주지 않았다.

빛나는 물건을 모으는 까마귀도 아니고 홍마족의 심금에는 이해가 안 되는 부분이 많다.

"하아, 하나같이 민폐만 끼쳐대기는……! 대체 어느 귀족이 이딴 민폐스러운 돌을 손에 넣으려고 한 거야?!"

"윽?! 그그그, 그래. 정말 어처구니없는 일이구나. 대체 누가 이렇게 멋진, 아니, 저주 받은 돌 따위를 손에 넣고 싶어 한 건지……."

내 말을 들은 다크니스가 어찌된 영문인지 시선을 피하는 가운데—

"잘 들어, 메구밍. 이건 최종 권고야. 정 그 보석을 내놓지 않겠다면, 이제부터 강제로 그 돌을 빼앗겠어."

"호오, 어디 한 번 해보세요! 하지만 힘으로 빼앗을 생각이라면, 매서운 반격을 각오해야 할 걸요? 감히 홍마족과 싸우려 하다니…… ……카즈마, 왜 손가락을 꼼지락거리는 건가요? 잠깐만요. 왜 크리스까지 손가락을 꼼지락거리는 거죠?!"

나는 행운을 관장한다는 여신이자 아직 만나본 적이 없는 에리스에게—.

"저기, 메구밍. 마침 이 자리에는 스틸을 쓸 수 있는 사람이 두 명이나 있어."

"좋아요, 카즈마. 우선 이야기를 나눠보죠. 저희는 동료잖아요. 동료끼리 다투는 건 어리석은 짓이에요."

마음속으로 기도를 올렸다.

"두, 두 사람 다 왜 손가락을 꼼지락거리는 거죠?! 설마 진짜로 하려는 건가요?! 진심인가요?! 이렇게 길 한복판에서요?! 알았어요! 항복할게요! 자, 잠깐만, 기다려……!"

저의 운이 진짜로 좋다면, 더는 성가신 일이 일어나지 않게 해주세요!!

1

리치.

그것은 마도의 궁극에 도달한 마법사가 금단의 비술을 통해 불사의 생물로 변한, 고고한 존재이자 초거물 언데드 몬스터다.

마법이 걸린 무기로만 상처를 낼 수 있는 불사의 육체, 그리고 생전을 아득히 뛰어넘는 강대한 마력과 드레인 터치를 비롯한 다양한 특수 능력을 지닌 최강의 언데드.

그런, 거대 던전 최하층에서 최종 보스로 나타날 법한 몬스터가—

"저기, 위즈. 왜 네가 끓인 차는 이렇게 미지근한 거야? 내가 뜨끈뜨끈한 차를 좋아한다는 건 알고 있지?!"

"죄송해요, 죄송해요! 정말 죄송해요, 아쿠아 님!"

현재 내 눈앞에서 시누이 같은 여신에게 괴롭힘을 당하고 있었다.

"하아. 이 시기의 리치는 집안에 있기만 해도 민폐 덩어리라니깐. 위즈의 곁에 있으면 왠지 서늘하거든. 무더운 여름이 될 때까지 무덤에서 잠이나 퍼질러 자란 말이야."

"너, 너무해요!"

—얼마 전, 위즈를 대신해 혼을 승천시키는 일을 맡으면서 결과적으로 저택을 손에 넣게 된 우리는 그 의뢰를 소개해 준 그녀에게 고맙다는 말을 할 겸 다 같이 놀러왔다.

　"대체 위즈는 리치로 지낸 시간이 몇 년이길래 아직 차도 제대로 못 끓이는 거야? 언데드의 장점이라고는 하등 쓸데없는 수명뿐이지? 지금까지의 언데드 인생 동안 대체 뭘 한 건데?"

　"저, 저는 아직 육체도 그대로 남아 있는, 갓 사망해서 싱싱한 신입 언데드라서……."

　갓 사망해서 싱싱하다는 생선한테나 쓸 법한 비유를 위즈가 입에 담자 아쿠아는 수상쩍은 눈빛으로 쳐다보고 이렇게 말했다.

　"그러고 보니 위즈는 다른 리치와 다르게 육체가 남아 있네. 보통 리치가 되면 뼈만 남잖아? 그런데 너는 왜 이렇게 탱글탱글한 거야?"

　"저는 평범한 방법으로 리치가 된 게 아니거든요. 따지자면 리치의 하이브리드 버전 같은 거라서 앞으로도 쭉 이 모습 그대로일 거예요."

　"약았어! 약았단 말이야, 위즈. 언데드 주제에 앞으로도 쭉 젊은 외모를 유지하는 거야? 그 사실이 세간에 알려졌다간 언데드가 되고 싶어 하는 사모님들이 급증할 거란 말이야!"

　"괘, 괜찮아요, 아쿠아 님. 리치는 아무나 간단히 될 수 있는 게 아니거든요."

고맙다는 말을 하러 왔다는 사실을 까맣게 잊은 아쿠아가 위즈의 멱살을 잡는 광경을 보며 나와 메구밍, 다크니스는 의자에 앉아서 홍차를 홀짝였다.

　"확실히 좀 미지근하기는 해도, 차가 참 맛있네. 다크니스가 끓인 홍차에 필적할 것 같아. 다크니스는 손재주가 없는데도 홍차 하나는 기가 막히게 끓이는 게 전부터 좀 이상하긴 했어."

　"너는 대체 나를 어떻게 생각하는 것이냐? 칭찬을 하는 건지, 욕을 하는 건지 분간이 안 된다만……."

　"확실히 이 차는 맛있네요. 저도 다크니스가 차를 잘 끓이는 게 이상하지만, 차를 마시는 리치가 존재한다는 것도 참 이상해요. 언데드도 먹고 마실 필요가 있는 건가요?"

　"메, 메구밍 양까지 그런 소리를 하는 거예요?!"

　우리가 그렇게 평온한 오후를 보내고 있을 때였다.

　"저기, 위즈 씨 계신가요?!"

　마도구점의 문이 느닷없이 열리더니 그 문 앞에 모험가 길드의 접수 카운터 직원 누님이 숨을 헐떡이며 서 있었다.

2

　숨을 고른 그 누님은 우리가 이곳에 있는 것이 이상하다는 듯 힐끔힐끔 쳐다보며 이곳에 온 이유를 설명했다.

"언데드 몬스터, 라고요?"

그 누님의 이야기에 따르면 액셀 마을에서 그렇게 멀지 않은 곳에 있는 동굴 부근에서 언데드 몬스터가 빈번하게 목격된다고 한다.

동굴과 던전 같은 어두운 장소에는 자연 발생한 야생 언데드가 모여드는 일이 잦고, 보통 이런 일이 벌어지면 모험가 길드가 언데드 몬스터의 토벌 의뢰를 게시판에 붙인다. 하지만 이번에는 그럴 수 없는 것 같았다.

"예. 숨을 거둔 여행자나 모험가가 자연적으로 언데드화되어 발생한 몬스터라 볼 수 없기 때문이에요. 목격된 언데드 몬스터는 좀비나 스켈레톤, 고스트 같은 게 아니라……."

그 누님의 말에 따르면 구울이란 중급 몬스터가 목격된 것 같다.

구울은 풋내기 모험가의 마을 근처에서 발생해도 되는 존재가 아니기에 길드 측은 이들의 발생 원인을 조사하고 싶다는 것이었다.

그리고 왜 일부러 위즈를 찾아온 것이냐면—.

"그래. 즉, 이런 거지? 자연 발생할 리가 없는 레벨의 언데드. 이것은 나쁜 마법사가 네크로맨시로 언데드 몬스터를 만든 것이 틀림없어. 네크로맨시 같은 고도의 마법을 쓸 수 있는 건…… 그래! 범인은 위즈가 틀림없다는 거구나!!"

"예엣?!"

"아니에요! 저희가 위즈 씨를 의심할 리 없잖아요!"

의기양양한 표정으로 말도 안 되는 추리를 늘어놓는 아쿠아를 밀쳐낸 그 누님은 위즈를 향해 고개를 숙였다.

"이번 의뢰는 꽤 위험할 거라고 예상돼요. 그리고 아쿠아 씨의 말도 완전히 틀린 건 아니에요. 사실 이 언데드 몬스터들은 마법에 의해 만들어진 것이라는 의심을 받고 있으니까요."

중급 언데드 몬스터를 만들 수 있을 정도의 존재.

즉, 그것이 가능한 거물 언데드 몬스터가 존재할 가능성이 있다는 것이다.

"그래서 고명한 마법사이자 언데드와 관련된 문제의 전문가이기도 한 위즈 씨에게 부탁을 드리려는 거예요."

"그렇군요……. 그렇게 된 거라면 제가 맡도록 하겠어요. 겨울에는 모험가 여러분들이 퀘스트를 맡지 않기 때문에, 마도구를 사러 오는 손님도 없으니까요."

이 가게에 손님이 오지 않는 이유는 그것만이 아니라는 생각이 들었지만 다들 아무 말도 하지 않았다.

바로 그때였다.

"저기, 언데드 퇴치의 전문가라면 여기에도 있거든? 내가 있는데, 왜 위즈에게 의뢰를 하는 거야?"

평소 언데드를 눈엣가시로 여기던 아쿠아가 그런 소리를

입에 담았다.

"그러고 보니 아쿠아 씨도 계셨죠……. 맞아요. 다른 의뢰라면 불안해서 맡기지 못하겠지만, 이번 일은 아쿠아 씨에게도 협력을 요청 드리는 편이 좋을 것 같네요."

"저기, 방금 다른 의뢰를 맡기는 건 불안하다고 말했지?"

아쿠아가 길드 직원 누님의 어깨를 잡고 흔들어댔지만 그 누님은 턱을 짚은 채 고민에 잠겼다.

바로 그때, 지금까지 입을 다물고 있던 다크니스가 자리에서 일어났다.

"그렇다면 나도 같이 가도록 하지. 마법사에게는 방패가 되어줄 전위가 필요할 테니까. 게다가 나는 크루세이더이니 언데드 퇴치에는 적격일 거다."

"그래요. 다크니스 씨의 방어력은 믿음직하죠."

생각에 잠겨 있던 그 누님은 다크니스의 말을 듣고 고개를 끄덕였다.

바로 그때, 메구밍도 자리에서 일어났다.

"흠, 상대는 거물 언데드인 건가요. 그렇다면 비장의 카드가 많은 편이 좋겠죠. 다행히 상대방이 숨어 있는 곳은 던전이 아니라 동굴이라면서요? 그렇다면 저의 마법이 쓸모 있을 거예요."

"메구밍 양! 그래요. 다크니스 씨의 방어력, 아쿠아 씨의 신성 마법, 거기에 메구밍 양의 공격력과 뛰어난 실력자인 위즈 씨까지 더해진다면⋯⋯!"

그 누님이 흥분한 목소리로 그렇게 말하고 있을 때 나는 거물 느낌을 물씬 풍기며 천천히 자리에서 일어났다.

"거기에 나까지 더해진다면, 완벽한 조합이 되겠지. 이번 의뢰는 우리에게 맡겨줘."

"⋯⋯저, 저기, 사토 씨도 참가할 건가요?"

어이.

3

어찌어찌 하다 보니 우리가 의뢰를 맡게 됐으나 상대가 강적일 것으로 예상되기 때문에 보수는 꽤 고액으로 책정됐다.

아쿠아라면 언데드 몬스터 정도는 식은 죽 먹기이고 이번에는 위즈도 우리와 함께 가게 되었다.

나는 가벼운 마음으로 원정을 떠날 준비를 했지만—

"그럼 여러분, 부디 조심하세요. 최악의 경우, 그 동굴에는 리치가 숨어 있을 거라는 가능성도 점쳐지고 있어요. 뭐, 이런 곳에 리치 같은 거물이 있을 것 같지는 않지만요."

준비를 마치고 마을을 나서려는 우리를 배웅하러 온 길드 직원 누님이 그런 말을 입에 담았다.

우리는 그 말을 듣자마자 위즈를 쳐다보았다.

"그, 그래요. 이런 변경에 리치가 있을 리 없죠⋯⋯."

우리의 시선을 받은 위즈가 슬그머니 고개를 돌리며 작은 목소리로 중얼거렸다.

누님은 위즈의 그런 반응을 눈치채지 못한 채 말을 이었다.

"리치에 관한 기록 자체가 얼마 안 되지만, 전설에 따르면 가만히 있을 때도 주위에 있는 이들로부터 활력을 빼앗고, 물과 대지를 썩게 하는 민폐스러운 존재라고 해요. 하지만 현재 동굴 주위에서 그런 징후는 보이지 않으니, 안심하세요."

"아, 예……."

대놓고 민폐스러운 존재라는 말을 듣고 만 위즈는 거북한 표정을 지으며 고개를 돌렸다.

"흐음, 리치에게 그런 능력이 있는 줄은 몰랐어. 물을 썩게 만든다는 건 나에 대한 도전이나 다름없네."

"아아, 아니에요, 아쿠아 님! 그건 근거 없는 소문이에요! 드레인 터치 스킬이 왜곡되어서 전해진 거라고 생각해요!"

위즈가 허둥지둥 그런 변명을 늘어놓자 길드 직원 누님은 감탄한 것처럼 눈을 반짝이며 말했다.

"위즈 씨는 리치의 생태에 대해서도 잘 아시나요? 그렇다면 리치에 관한 자료가 부족하니까, 이 의뢰를 마친 후에 알려주셨으면 합니다만……."

"아, 예. 나름 아는 편이기는 해요! 이래 봬도 실력파 모험가였으니까요! 그럼 빨리 출발하죠! 서두르지 않았다간 언데드가 활성화되는 밤에 그 동굴에 도착할 거예요!"

당황한 위즈가 재촉하는 가운데, 우리는 길드 직원 누님에게 배웅을 받으며 마을을 나섰다.

"—저기, 위즈. 범인이 리치일 가능성이 있다던데, 진짜로 네가 한 게 아닌 거야? 혹시 나 몰래 언데드를 기르고 있는 거라면 지금 바로 실토해. 그러면 고통스럽지 않게 성불시켜 줄게."

"아쿠아 님, 진짜로 저와 상관없는 일이에요! 게다가 제 감성은 인간인 그대로라서, 언데드를 기르는 취미 같은 것도 없어요!"

"가장 확실한 건 위즈를 일단 정화시켜보는 건데……. 위즈가 승천한 후에도 언데드가 계속 나타난다면, 위즈가 범인이 아닌 걸로 하자."

"잠깐만요, 아쿠아 님! 그러면 저만 손해잖아요!"

마을을 나서고 동굴로 향하는 동안, 위즈는 아쿠아에게 계속 괴롭힘을 당했다.

아쿠아는 왜 이렇게 언데드를 눈엣가시처럼 여기는 걸까.

"그건 그렇고 구울이 목격된 거라면, 진짜로 리치 급의 거물이 언데드를 만들어내고 있을지도 모르겠네요."

내 옆에서 걷고 있던 메구밍이 지팡이를 고쳐 쥐며 그렇게 말했다.

"이름 정도는 들어본 적이 있긴 한데, 구울은 그렇게 강한 몬스터야?"

내가 그렇게 묻자 오늘은 대검이 아니라 은으로 된 메이스를 허리에 찬 다크니스가 대답했다.

"구울은 민첩하게 움직일 뿐만 아니라 마비독도 겸비한 성가신 인간형 언데드다. 단독으로도 상당한 강적인데 항상 무리지어 행동하는 데다, 썩은 고기를 먹기 때문에 마을에서 떨어진 곳에 있는 묘지에서 드물게 출몰하지."

이야기를 들어보니 졸개 몬스터인 개구리한테도 겨우겨우 이기는 우리에게는 버거운 상대 같은데…….

"구울 따위는 나한테 걸리면 한방감이야. 숫자가 많더라도 광범위형 정화 마법으로 한꺼번에 쓸어버릴 수 있으니까, 걱정할 필요 없어!"

"저, 저기, 아쿠아 님? 혹시나 해서 말씀드리는 건데, 언데드인 저까지 휘말리지 않도록 주의해주시면 안 될까요? 아, 아니면 그냥 제가 전부 상대할 게요……!"

그렇다. 최강의 언데드인 리치와 여신.

이 두 사람이 있으니, 아무 걱정할 필요가 없을 것이다―.

―그렇게 생각한 나는 멍청이였다.

"우에에에에에에엥! 카즈마 씨~! 카즈마 씨~!!"

"멍청아! 너는 왜 위기에 처할 때마다 나를 찾는 거냐고! 빨리 정화해버려! 그게 무리면 반대편으로 도망치란 말이다!"

"그렇지만 구울은 가까이에서 보니 너무 무섭게 생겼거든?! 내 트라우마로 남을 만한 걸 입에 물고 있거든?!"

문제의 그 동굴을 발견한 우리는 우선 상황을 살피기 위해 살금살금 다가갔고, 그러다 뭔가에 모여 있는 구울 몇 마리를 발견했다.

아쿠아는 발견한 구울을 정화하겠다면서 나의 제지도 무시하며 나섰지만─.

"아쿠아, 이쪽으로 오지 마세요! 보면 안 되는 걸 입에 문 구울까지 이쪽으로 다가온단 말이에요!"

"아쿠아, 내가 있는 쪽으로 도망쳐라! 내 몸으로 구울들의 공격을……. 아앗, 왜 언데드들은 나를 무시하고 그냥 지나치는 거지?!"

인간 형태인 무언가를 둘러싸고 식사 중이던 구울들의 모습을 본 우리는 패닉에 빠졌다.

아무래도 아쿠아와 메구밍은 그로테스크에 대한 내성이 낮은 것이리라.

바로 그때─.

"『커스드 크리스털 프리즌』!!"

우리가 혼란에 빠져 있는 와중에, 위즈의 당당한 목소리가 주위에 울려 퍼졌다.

그와 동시에 아쿠아를 쫓던 구울들이 순식간에 얼음에 갇히면서 산산이 조각났다.

"아쿠아 님, 이제 괜찮아요. 구울은 제가……."

"우에에에에에에엥!"

뭔가를 입에 문 구울의 모습이 트라우마로 남은 건지 아쿠아는 자신을 구해준 위즈의 품에 뛰어들어서 엉엉 울었다.

위즈는 그런 아쿠아를 보고 한순간 놀랐지만 곧 우는 아이를 달래듯 상냥히 머리를 쓰다듬어줬다.

"이제 괜찮으니 울음을 그치세요, 아쿠아 님……. 아쿠아 님……? 저, 저기, 아쿠아 님이 얼굴을 묻고 있는 곳이 뜨거운데…… 아, 아쿠아 님! 아쿠아 님의 눈물이 닿은 곳이 엄청 아프거든요?! 제발 울음을 그치세요, 아쿠아 님!"

4

흐릿해지기 시작한 위즈에서 아쿠아를 억지로 떼어낸 후 나는 구울이 먹고 있던 인간형의 무언가를 묻어주려 했지만—

"아, 인간이 아닌 것 같네. 어이, 아쿠아. 구울이 먹고 있던 건 고블린이었어."

"……카즈마는 평소에 소심하면서, 용케 저렇게 처참한 현장을 살펴보네."

"단련된 모험가는 다들 그로테스크 내성이란 스킬을 습득하는 법이거든."

정확하게는 모험가가 아니라도 단련된 백수라면 누구나

지니게 되는 내성이다.

야한 이미지에 낚여서 상세한 내용을 알 수 없는 이미지를 열어보고 그로테스크한 함정에 빠지는 일이 드물지 않았다.

인간은 그렇게 어른이 되어간다.

고블린 시체를 위즈가 마법으로 태운 후, 우리는 동굴 안으로 들어갔다.

언데드는 아까 우리가 해치운 구울이 전부였던 건지 다른 몬스터와 마주치는 일은 없었다.

—그리고 그다지 깊지 않은 동굴의 끝에 도착했는데…….

어둑어둑한 그늘에 홀로 서 있는 남자가 있었다.

위즈처럼 피부가 창백하고 짧게 자른 금발과 붉은 눈동자를 지닌 단정한 외모의 그 남자는—.

"크큭……. 언데드의 토벌 의뢰를 맡고 이곳에 온 걸로 보이는, 불운한 풋내기 모험가들이여."

그 남자가 사냥감을 발견한 육식 동물처럼 환한 표정으로 입을 벌리자 길쭉한 송곳니가 모습을 드러냈다.

—뱀파이어.

리치와 어깨를 나란히 하는 언데드이고 지명도 또한 매우 높은 몬스터다.

언데드의 왕은 누구인가? 라는 질문을 받은 이들 중 절반 정도는 뱀파이어라고 말할 것이다.

풋내기 모험가의 마을 근처에 있어서는 안 되는 거물 언데 드였다……!

"저기 있네요! 아쿠아 님, 아까 전의 구울을 불러낸 흑막 언데드가 저기 있어요! 이걸로 제가 범인이 아니라는 게 밝혀진 거죠?!"

"그, 그래. 뭐, 나는 애초부터 위즈를 의심하지 않았지만 그래도 일단 사과할게. 미안해!"

위즈는 저 뱀파이어를 손가락으로 가리키더니 상대방의 보스 느낌이 나는 발언도 깔끔하게 무시했다.

이런 취급을 처음 받아본 건지 저 뱀파이어는 얼이 나간 것처럼 입을 쩍 벌렸다.

"다크니스, 저기 좀 보세요. 뱀파이어에요, 뱀파이어. 저와 눈 색깔이 겹치는 게 마음에 들지 않네요."

"그 말을 듣고 보니, 나도 머리카락 색깔이 겹치는 게 마음에 들지 않는구나."

메구밍과 다크니스가 소곤소곤 그런 이야기를 나누고 있을 때 뱀파이어는 분노에 사로잡혀 눈을 치켜떴다.

"풋내기 모험가 마을의 애송이들아, 내가 누구인지 알면서 그런 소리를 하는 것이냐! 나는 최강의 언데드이자 지고의 존재. 언데드의 왕인 뱀파이어, 볼프강 크로우다! 불손한 자들이여, 빨리 무릎을 꿇고 살려달라고 빌어라!"

당당히 이름을 밝힌 뱀파이어는 자신을 손가락으로 가리킨 위즈를 똑바로 쳐다보고—!

"……응? 왜 내 매료의 마안이 통하지 않는 거지? 네 녀석은 풋내기 모험가 주제에 강력한 호부라도 가지고 있는 것이냐?"

어떤 식으로 공격을 한 것 같지만 그것이 통하지 않은 탓에 고개를 갸웃거렸다.

"저기, 저는 리치라서 상태 이상 계열 기술은 통하지 않아요."

"리치? 리, 리치라고?!"

볼프강은 위즈의 말을 듣고 눈을 치켜떴다.

그리고 위즈를 뚫어져라 살펴본 볼프강은 고개를 절레절레 저었다.

"훗. 리치는 뱀파이어에게 미치지는 못하지만 그럭저럭 강한 축에 드는 흉측한 해골 형상의 언데드지. 네 녀석 같은 어벙한 여자가 사칭해도 되는 존재가 아니다."

"뭐, 뭐라고요?!"

위즈가 발끈한 가운데, 나는 아쿠아에게 귓속말을 했다.

"어이, 잘은 모르겠지만 뱀파이어는 꽤 강한 존재지? 너, 저 녀석을 쓰러뜨릴 수 있겠어?"

"나를 뭐로 보고 그런 소리를 하는 거야? 뱀파이어 따위는 내 성스러운 주먹질 한 방이면 그대로 골로 가버리거든? 그래도 저 녀석은 위즈에게 맡길래. 리치와 뱀파이어는 사이가 나쁘기로 유명하니까. 저 녀석은 진조가 아니라 하급 뱀파이어 같고, 그냥 구경이나 하자."

아쿠아가 흥분한 표정으로 상황을 지켜보는 그때, 위즈가 발끈하여 입을 열었다.

"나르시스트 천지인 뱀파이어가 리치를 흉측한 해골이라 부르다니, 절대 용서 못해요! 게다가 뱀파이어의 상위 존재인 리치에게, 방금 그럭저럭 강한 축에 든다고 말했나요?! 뱀파이어 같은 건 힘이 좀 세고 맷집이 좋은 것 말고는 약점투성이인 얼간이잖아요!"

"열린 입이라고 감히……! 뱀파이어를 리치보다 하위라고 치부하지 마라! 인간 따위가 고귀한 불사의 왕, 뱀파이어 족을 우롱하는 것이냐!! 『라이트닝』!"

격앙된 볼프강의 손가락 끝에서 번개가 뿜어져 나왔다.

하지만 그것은 위즈에게 닿기 직전, 갑자기 사라졌다.

그것을 본 위즈는 평소의 온화한 표정이 아니라 호전적인 얼굴로 자신만만한 웃음을 흘렸다.

"우후후후후후후! 느닷없이 기습을 하다니, 역시 고귀한 뱀파이어 족답군요! 하지만 당신 같은 자칭이 아니라, 진정한 의미에서 불사의 왕인 리치는 뱀파이어보다 훨씬 강한 마법 저항력을 지녔죠. 그 정도 마법이 통할 리가 없잖아요."

"너, 너는 진짜로 리치인 것이냐?! 큭, 정말 화가 치미는구나! 마법으로 간단히 인간을 관둔 벼락출세 언데드 따위가,

우리를 제치고 불사의 왕이랍시고 거들먹거리다니……!"

"누가 벼락출세 언데드라는 거죠?! 리치는 마도의 궁극에 이르러서 자신의 힘으로 불사의 존재가 된 거예요! 당신이 야말로 뱀파이어의 진조한테 힘을 빌려서 불사의 존재가 된 낙하산 언데드잖아요!"

최상위 언데드들이 우리 앞에서 어른스럽지 못한 말다툼을 벌였다.

"이 녀석이 감히이이이이이이잇!"

"뭐죠?! 해보자는 건가요?! 당신 같은 뱀파이어라면 인간이었던 시절의 저라도 간단히 해치울 수 있거든요?!"

그런 두 사람이 본격적으로 한판 벌이려고 한 바로 그때였다.

"둘 다 좀 진정해봐. 우선 어떻게 된 건지 이야기를 들려줄래?"

아무래도 이 상황을 즐기고 있는 아쿠아가 환한 미소를 지으며 그렇게 말했다.

5

"─그러니까 이렇게 된 거지? 너는 인간 귀족 출신의 뱀파이어인데, 이곳에서 꽤 떨어진 곳에서 강적과 싸우다 힘을 대량으로 소모한 나머지 강한 모험가가 없는 액셀 마을 인근에 숨어서 다시 힘을 기르려고 한 거네.”

“그렇게 된 것이다, 미천한 인간이여. 순순히 피를 내놓는 다면 내 부하로 만들어주마. 네놈들이 순결을 잃은 몸이라 면 피가 빨리자마자 구울이 되겠지만 말이다!”

보통 뱀파이어에게 피를 빨리면 구울이 된다.

하지만 성행위를 한 적이 없는 순결한 자가 피를 빨리면 하급 뱀파이어가 된다고 했다.

“나는 아직 총각 딱지를 못 뗐으니 뱀파이어가 되겠네.”

“언데드 같은 눈깔과는 완전히 딴판으로 노는 꼬맹이군.”

이 망할 언데드, 내 눈이 시체 같다는 소리를 하고 싶은 건가.

“나도 몸과 마음 전부 깨끗하지만, 뱀파이어 따위가 될 생 각은 없어.”

“저도 물론 깨끗하지만, 홍마족이라는 사실에 긍지를 가 지고 있으니 사양하겠어요.”

“나, 나도 물론 순결……하니, 구울이 되지는 않을 거 다……. 아, 아마도…….”

불안해 보이는 사람이 한 명 있는데, 왜 저렇게 자신이 없 는 거지. 그리고 한밤중에 혼자서 무슨 짓을 하는 건지 나 중에 캐물어봐야겠다.

“그래. 즉, 너는 나쁜 언데드인 거네? 뭐, 나는 착한 언데 드든 나쁜 언데드든 공평하게 정화시켜야 한다고 생각하지만 말이야."

"흥, 말도 안 되는 소리 작작 해라. 이 세상에 나쁘지 않은 언데드 같은 기묘한 자가 존재할 리 없지 않으냐."

아쿠아의 말을 들은 볼프강이 어이없다는 듯 송곳니를 드러내며 코웃음을 쳤다.

그런 볼프강과 달리 위즈는 손을 번쩍 들고 이렇게 말했다.

"예! 아쿠아 님, 저는 그냥 선량한 언데드가 아니라 엄청 선량한 언데드예요! 아쿠아 님을 위해 항상 차와 과자를 준비해둘 뿐만 아니라, 언제나 따뜻한 차를 대접해드리고 있으니까요!"

"네 녀석, 풋내기 인간 프리스트에게 아양을 떨다니, 언데드로서의 긍지마저 잃은 것이냐?! 인간 따위는 우리의 먹잇 감이자 종복에 불과하지 않으냐, 이 비굴한 리치 녀석아!"

볼프강이 그렇게 외치자 위즈는 아쿠아에게 슬그머니 다가가더니―.

"아쿠아 님, 아쿠아 님. 저자가 방금 한 말 들으셨어요? 뱀파이어란 것들은 다 저래요. 원래 인간이었으면서, 인간 시절의 일을 흑역사로 치부하며 없었던 일로 여기죠. 그리고 자기는 고귀한 존재라 여기면서 인간에게 해를 끼치는, 자의식 넘치는 나르시스트 집단이라니까요. 저런 녀석은 확 퇴치해버리죠!"

일부러 볼프강에게 들릴 만한 목소리로 귓속말을 했다.

"어이! 다 들린다, 이 벼락출세 언데드야! 우리는 영원한 초월자가 되기 위해 불사의 존재가 된 것이다. 마법을 영원히 연구하고 싶다는 은둔형 외톨이 같은 저열한 사상으로 불사의 존재가 된 리치와는 다르단 말이다!"

"마법 연구를 위해 리치가 된 사람은 극히 일부에 불과해요! 사랑하는 이를 지키기 위해, 혹은 소중한 동료들을 구하기 위해 리치가 된 사람도 있단 말이에요~!"

평소의 온화하고 차분한 위즈는 대체 어디에 가버린 건지, 그녀는 평소와 달리 전혀 어른스럽지 못한 소리를 늘어놓았다.

"귀족 출신의 고귀한 존재인 나에게 감히 맞서는 것이냐! 좋다, 지금 이 자리에서 뱀파이어와 리치 중에 누가 더 상위의 존재인지 결판을 내주마! 진정한 불사의 왕을 이 자리에서 정하는 것이다!"

"좋아요! 햇볕도 쬐지 못하는 데다 편식가인 뱀파이어 따위는 리치의 상대도 못 되거든요?! 진정한 불사의 왕은 바로 리치예요!"

그리하여 초거물 언데드간의 정상결전이 시작됐다.

두 사람은 마법을 영창하기 시작했고—!

"『턴 언데드』!"

""으아아아아아아아아아!""

무슨 생각을 한 것인지 분위기 파악과는 담을 쌓은 녀석이 갑자기 정화 마법을 날렸다.

옅은 빛에 휩싸인 채 온몸에서 연기가 피어오르고 있는 두 언데드가 비명을 지르며 버둥거렸다.

이윽고 몸이 흐릿해진 위즈가 축 늘어졌고 볼프강은 몸의 일부가 재로 변한 채 엉엉 울고 있었다.

"둘 다 멈춰. 나를 무시하고 둘이서 멋대로 일을 벌이지 말아줄래?"

그 갑작스러운 행동에 당황하면서도 재로 변한 오른손을 움켜쥔 볼프강은 고통이 묻어나는 목소리로 질문을 던졌다.

"자, 잠깐만, 일단 말로 해결하지 않겠느냐? 인간 계집이여, 느닷없이 이게 무슨 짓이지? 이것은 언데드간의 지고한 대결이다. 방해하는 건 너무 눈치 없는 짓이지 않느냐? …… 그것보다 너는 진짜로 인간이냐? 이 리치와 싸우려고 마력을 끌어올리고 있는 상황이 아니었다면, 순식간에 승천해버렸을 거다……."

흐릿해진 위즈가 몸을 일으키더니 울먹거리며 말했다.

"으으. 아쿠아 님, 너무하세요……. 갑자기 뭐하시는 거예요? 삼도천 건너편에서 이쪽으로 오라며 유혹하는 베르디아 씨가 보였단 말이에요……."

두 사람이 비틀거리며 몸을 일으키고 있을 때였다.

"프리스트 하면 언데드. 언데드 하면 바로 나. 언데드의 왕을 정할 거라면, 프리스트 중의 프리스트이자 이 세상 최고의 언데드 킬러인 내 의견이 가장 중요하다고 생각하는데 말이야."

득의양양한 표정을 지은 아쿠아가 또 영문 모를 소리를 늘어놓기 시작했다.

6

아쿠아가 시키는 대로 동굴 입구로 이동한 우리는 아까에 비해 기세가 한풀 꺾인 두 언데드를 지켜보았다.

그 둘은 이제부터 자신이 무엇을 하게 될지 몰라 전전긍긍하고 있었다.

볼프강도 자신이 평범한 턴 언데드 한 방에 빈사 상태가 될 거라고는 생각도 못 한 것 같았다.

아까까지는 아쿠아를 정신줄을 놓은 사람처럼 쳐다봤지만 어느새 천적을 쳐다보는 눈길로 변해 있었다.

"자, 이제부터 두 분께서는 누가 언데드의 왕이란 칭호에 걸맞은지를 가리는 승부를 해줘야겠어요. 왜 이런 걸 시키는 거냐면, 왠지 재미있을 것 같거든! 그럼 우선 메구밍."

"무슨 일이죠?"

느닷없이 아쿠아에게 언급이 된 메구밍은 영문을 모르겠

다는 표정을 지었다.

"리치와 뱀파이어는 강한 마법 저항력과 내구력을 자랑하
죠. 그러니 이제부터 두 분께서는……. 메구밍의 폭렬마법을
견뎌주—"

아쿠아가 말을 끝까지 잇기도 전에 두 언데드는 부리나케
도망쳤다.

햇볕을 쬘 수 없기 때문에 동굴 안으로 도망쳤던 볼프강
은—.

"알았다! 두 번 다시 언데드의 왕을 자처하지 않겠다! 그
러니 제발 용서해다오!"

"으으……. 아무리 상대가 언데드라고는 해도, 이렇게 울
며불며 애원하는 모습을 보니 마음이 약해진다만……"

"안 돼, 다크니스! 어리광을 받아주지 마! 상대는 다름 아
닌 뱀파이어야. 게다가 여기서 힘을 모으려 했다는 건, 마을
사람들에게 해를 끼칠 작정이었던 거잖아. 이대로 시합을
포기한다면, 내가 정화 마법으로 소멸시켜버릴 거야."

"대체 무슨 소리를 하는 것이냐! 바보 같은 소리 하지 마
라! 폭렬마법을 견뎌낼 수 있는 언데드가 존재할 리 없지 않
느냐!"

일단 최강의 언데드 중 하나로 여겨지는 저 가련한 뱀파
이어는 다크니스에게 잡힌 채 동굴 안쪽에서 끌려나오고 있

었다.

그리고—.

"아쿠아 님, 저 뱀파이어의 말이 맞아요! 아무리 리치라도 폭렬마법을 견뎌내는 건 무리예요! 소멸되고 말 거예요! 다른 방법으로 승부하면 안 될까요?! 으음, 뱀파이어와 리치는 둘 다 드레인 터치를 쓸 수 있으니까, 누가 마력을 더 잘 뺏을까요~ 승부 같은 건 어때요?!"

"오오, 좋은 생각이다! 그래, 그거야말로 언데드간의 승부에 걸맞다고 생각한다!"

마찬가지로 아쿠아에게 끌려온 위즈가 필사적으로 다른 아이디어를 내놓자 볼프강이 찬성했다.

"뭐~? 하지만 동굴 밖에 있는 메구밍은 의욕이 넘치는 것 같거든?"

아쿠아의 말을 듣고 밖을 보니 메구밍이 지팡이를 마구 휘두르며 새빨간 눈을 반짝이고 있었다.

그것도 그럴 것이, 거물 언데드 둘을 한꺼번에 해치울지도 모르는 것이다. 만약 성공한다면 막대한 양의 경험치를 얻을 수 있었다.

아무래도 메구밍도 위즈와의 우정보다 경험치를 우선하는 것 같았다.

"어이, 아쿠아. 위즈는 나한테 스킬도 가르쳐줬잖아? 나름 신세를 졌으니까, 좀 원만한 승부로 바꿔줘. 그냥 드레인 승부로도 괜찮을 것 같지 않아?"

"그래! 말 한 번 잘했다, 시체 같은 눈을 지닌 꼬맹아! 원한다면 뱀파이어로 만들어주마! 아까는 순결한 인간처럼 보이지 않는다는 투로 말했지만, 유심히 보니 불순한 행위를 할 수 있을 만한 면상도 아니구나! 분명 뱀파이어가 될 수 있을 거다!"

"너, 동굴 밖으로 끌어내서 확 일광 건조를 시켜줄까?"

7

어둑어둑한 동굴 안이 요사한 빛에 휩싸였다.

그것은 두 언데드가 펼친 강력한 드레인 터치가 뿜어내는 빛이었다.

내가 사용하는 마이너 버전이 아닌, 진짜 언데드가 펼친 드레인 터치는 빨아들이는 마력이 눈에 보일 정도였다.

"흐음, 둘 다 꽤 하네. 쑥쑥 빨려나가는 느낌이 들어."

두 언데드에게 드레인 터치로 마력을 빨리고 있는 건 태연한 표정으로 여유를 부리고 있는 아쿠아였다.

"인간 계집이여, 상당한 양의 마력을 빨렸는데 괜찮은 것이냐? 원래라면 나와 리치가 서로에게 드레인 터치를 걸어서 한쪽이 완전히 말라비틀어질 때까지 승부를 벌일 생각이었다만……."

마력을 빨고 있는 볼프강이 걱정 어린 목소리로 아쿠아에게 물었다.

"그, 그래요. 아무리 아쿠아 님이라도 저희 둘에게 동시에 마력을 빨린다면 괴로우시지 않을까요……?"

위즈 또한 불안한 목소리로 그렇게 말했다.

하지만 아쿠아는 빙긋 웃고 그런 두 사람에게 즐거운 목소리로 말했다.

"어머, 두 사람 다 나를 걱정해주는 거야?"

아쿠아가 순진무구한 목소리로 그렇게 말하자 볼프강은 코웃음을 쳤다.

"……흥, 내가 프리스트를 걱정할 이유가 없지 않느냐. 저 리치와의 승부 도중에 네 녀석의 마력이 바닥나버려서 결판이 나지 않을까봐 우려하는 것이다."

"저는 속이 배배 꼬인 뱀파이어와 달리, 순수하게 아쿠아 님을 걱정하고 있는 거예요. ……그런데, 정말 괜찮으신 것 같네요. 역시 아쿠아 님은 대단하세요……."

위즈가 거기까지 말했을 때였다.

나는 옅은 빛에 비친 위즈의 안색이 평소보다 창백하고 몸 또한 아까보다 옅어졌다는 사실을 눈치챘다.

그리고 볼프강이 불쑥 이렇게 중얼거렸다.

"……아까부터 좀 따끔따끔하구나. 그리고 대체 어떻게 승부를 낼 생각인 거지? 우리가 동시에 마력을 빨아서는,

누가 더 많은 양을 드레인했는지 판별할 수 없을 텐데."

그제야 그 점을 퍼뜩 눈치챈 위즈도 입을 열었다.

"그것도 그러네요. 아쿠아 님의 말씀대로 승부를 시작하기는 했지만, 얼마나 빨면 될지……. 저기, 아쿠아 님? 그냥 서로에게 드레인 터치를 걸어서 한쪽이 쓰러질 때까지 마력을 뺏는 게……."

바로 그때였다.

지금까지 일방적으로 마력을 빨리고 있던 아쿠아가 두 언데드의 손을 움켜잡았다.

마치 도중에 마력 흡수를 중단하지 못하게 하려는 것처럼 말이다.

"저기, 아쿠아 님? 왜 저희의 손을 움켜잡으시는 거죠? 도망칠 생각은 없으니 이러실 필요 없어요. 그리고 아까부터 기분이 좋지 않은데, 혹시 턴 언데드의 영향인 걸까요……."

"음, 네 녀석도 기분이 좋지 않은 것이냐. 실은 나도 아까부터 현기증이 나면서 몸이 달아오르고 있지. 생전의 감각에 비유하자면, 마치 체한 것 같은……."

그 말을 들은 순간, 나는 아쿠아가 뭘 하려는 건지 눈치챘다.

"너, 실은 승부 같은 건 아무래도 상관없는 거지? 언데드를 눈엣가시로 여기니까, 그냥 괴롭히고 싶었던 것 아냐?"

"'윽?!'"

내가 그렇게 말하자 아쿠아의 마력을 빼고 있는 두 사람이 초췌해진 얼굴로 소름이 돋은 반응을 보인 후—.

"큭, 어이, 이제 됐다! 리치가 언데드의 왕이라도 상관없다……. 어이, 이 손을 놓아라! 아니, 마력이 흘러들어오는 것을 막을 수가 없어! 이, 이제 됐다! 이제 됐다고! 몸이 뜨거워지면서 구역질이 나기 시작했다!"

"아쿠아 님, 왜 손을 놔주지 않으시는 건가요?! 이대로 있다간 위험할 것 같아요, 아쿠아 님!"

두 언데드가 당황하자 아쿠아는 빙긋 웃고 말했다.

"아까 너희는 이 승부의 결판이 어떻게 나는지 물었지?"

아쿠아는 즐거운 말투로 그렇게 말하며 계속 마력을 두 사람에게 주입했다.

"승부 같은 건 아무래도 상관없다! 이제 그만 손을 놔라! 놓으란……, 뭐냐?! 뱀파이어 족의 괴력으로도 왜 이 손을 떨쳐낼 수 없는 거지?!"

"아쿠아 님, 사라질 것만 같아요! 이대로 있다간 제가 사라지고 말 거예요!"

아쿠아는 비명을 지르는 두 사람을 향해 즐겁게 말했다.

"아하하하하하하! 자, 어느 쪽이 언데드의 왕에 걸맞은지 골라줄게! 나의 신성한 마력을 얼마나 견뎌낼 수 있는지 나에게 보여 봐! 뱀파이어의 괴력 따위로는 내 손을 떼어낼 수 없을걸?! 왜냐하면 안 그래도 뛰어난 내 힘을 지원 마법으로 더욱 강화해뒀거든."

"어이, 다크니스, 메구밍! 아쿠아를 말려! 이대로 있다간 위즈가 소멸되고 말 거야!"

"아, 아쿠아, 빨리 손을 떼라! 좋은 기회랍시고 위즈까지 정화하지는 말란 말이다!!"

"엇! 거물 언데드를 두 마리나 해치울 기회라서 그런지, 아쿠아가 평소보다 더 고집을 부리는데요?!"

아쿠아에게 손을 잡힌 두 언데드가 필사적인 목소리로 고함을 질렀다.

"알았다! 내가 잘못했어! 앞으로는 인간에게 해를 끼치지도 않을 것이며, 피를 빨지 않겠다고 이 자리에서 맹세하마! 이제부터는 채식주의 뱀파이어가 되겠다!"

"아쿠아 님~! 저는 아직 할 일이 있으니 봐주세요! 아쿠아 니이이이임!!"

우리가 억지로 떼어내려고 하는 와중에도, 아쿠아는 의외로 계속 저항을 하면서 이렇게 외쳤다.

"아하하하하하하! 내 눈이 시퍼런 동안에는, 언데드의 왕이랍시고 떠드는 녀석들을 절대 가만두지 않을 거야!"

―그날, 액셀 마을을 노리던 언데드는 정화되었고…….
위즈 마도구점은 일주일 동안 휴업했다.

마왕군 간부는 바쁘다
GOD'S BLESSING ON THIS WONDERFUL WORLD! YORIMICHI!

1

마왕군 간부 바닐을 토벌한 우리는 빚을 깔끔하게 청산해서 유유자적한 나날을 보냈다.

일 좀 하라고 시시콜콜 재촉하는 다크니스와 메구밍도 오늘은 아침부터 외출했다.

그래서 거실 난로에 넣은 장작이 타는 모습을 멍하니 보고 있는데—.

"저기, 카즈마. 이 마을의 사람들은 경계심이 너무 부족하다고 생각해. 나는 그런 이들을 위해, 지금 상황에 경종을 울리고 싶어."

이렇게 부족할 것 없는 쾌적한 하루하루를 보내고 있는 와중에도, 나를 밀어내며 가장 따뜻한 장소에 몸을 밀어 넣고 있는 아쿠아가 그런 소리를 늘어놨다.

"아쿠아는 대단하네. 경종 같은 어려운 말도 알고 말이야. 그건 그렇고, 좁으니까 몸 좀 밀어 넣지 마. 이 특등석은 오늘 내 차지라고."

"그렇게 어려운 말을 아는 똑똑한 여신님께서 추위에 떨고 있잖아? 자리 좀 양보하라고, 이 구두쇠 백수야. 참고로 경종이란 말은 위험이 위험하다는 의미야."

두통이 날 정도로 머리 나쁜 소리를 늘어놓은 아쿠아가

난로 앞을 점령하더니 평소와 다르게 진지한 표정을 짓고 나를 향해 얼굴을 쑥 내밀었다.

"잘 들어, 카즈마. 지금 이 마을에는 마왕군 간부가 둘이나 있어."

"엉터리 간부인 위즈, 그리고 전직 간부인 바닐 말이구나. 그게 어쨌다는 건데?"

내가 난로에 새 장작을 넣으며 묻자 아쿠아는 질렸다는 듯 한숨을 내쉬었다.

"이렇게 위기감이 없으니까 카즈마는 툭하면 죽어서 나자빠지는 거야. 지금까지 대체 몇 번이나 죽은 거야? 응? 혹시 에리스의 신도라서, 에리스를 만나고 싶은 마음에 매번 일부러 죽는 거야?"

확실히 나는 툭하면 죽어서 나자빠지지만 이 녀석한테 그런 말을 들으니 화가 치밀었다.

"나도 좋아서 죽는 게 아니라고. 위기감이니, 경계심이니, 아까부터 대체 무슨 소리를 하는 거야?"

아쿠아는 내가 이 말을 하기만 기다렸다는 듯이 가슴을 폈다.

"감시야! 그 가면 악마를 감시하는 거야! 그 악마는 이 마을에서 오래 산 나보다 더 간단히 이 마을에 녹아들었잖아? 내 조사에 따르면, 요즘 들어서는 근처에 사는 아이들에게도 인기가 좋나 봐."

"그 녀석의 가면을 신기하게 여기는 것 아닐까? 어린애들은 가면 같은 걸 좋아하거든."

하지만 아쿠아는 고개를 저었다.

"그래서 나도 오거 킹을 쏙 빼닮은 예술적인 가면을 만들어 쓰고 애들에게 다가가 봤거든? 하지만 애들이 엉엉 울면서 나한테 돌을 던지더라니깐?"

"너, 남의 집 애를 그렇게 어이없는 일로 울리지 마. ······그리고 그 녀석을 감시해서 어쩌려는 건데? 만약 그 녀석이 악행을 저지르더라도, 나는 얽히고 싶지 않다고. 그 녀석, 실은 엄청 강하잖아. 나 같은 건 바닐식 뭐시기 광선 한 방이면 골로 간단 말이야."

내가 약한 소리를 하자 아쿠아는 자신만만한 미소를 머금었다.

"카즈마는 바보라니깐. 그래서 내가 있는 거잖아? 내가 누구인지 몰라? 악마의 천적인 여신님이야. 그 녀석이 악행을 저질렀다는 증거만 찾으면, 마을 한복판에서 그 녀석을 습격해도 경찰 아저씨들이 화내지 않을 거야!"

"너, 내가 안 보는 데서 그런 짓을 벌인 거냐."

내 태클을 깔끔하게 무시한 아쿠아는 그대로 벌떡 일어서더니ㅡ!

"······역시 아직 춥네. 이 장작이 다 탈 때까지는 여기 있을래."

"밖은 아직 춥잖아. 그냥 날씨가 좀 따뜻해진 후로 미루는 것도 좋지 않을까?"

다시 자리에 앉은 후 난로에서 타오르는 불꽃을 나와 함께 멍하니 쳐다보았다.

2

아쿠아와 함께 추운 오전을 버티고 날씨가 좀 훈훈해진 오후…….

"『익스플로전』—!!!!!"

액셀의 평원에 폭렬마법의 폭음이 울려 퍼진 후, 일과를 마친 메구밍은 만족한 표정으로 쓰러졌다.

"휴우……. 오늘 폭렬은 90점을 줘도 되겠네요. 이 쌀쌀한 공기에 감도는 마력 폭발의 잔재를 보세요. 예를 들자면 비가 그치고 생긴 무지개 같은, 한순간의 아름다움이라고 할까요……."

그런 메구밍은 쓰러진 채 헛소리를 늘어놓았다.

"그래, 참 예쁘네. 오늘 폭렬도 점수가 높아. 자, 업어줄 테니까 빨리 몸을 뒤집으라고."

메구밍은 내 말을 듣더니 익숙한 몸놀림으로 몸을 뒤집었다.

이런 짓에만 익숙해지는 메구밍을 보자 짜증이 나려고 했다. 이 녀석을 옮길 다른 방법은 없을까.

"……왜 갑자기 표정을 굳히는 거죠? 자, 빨리 업어달라고요."

"아, 너를 좀 편하게 옮길 방법이 없나 싶어서 말이야. 토목공사 인부한테 부탁해서 외발수레를 빌릴까? 아, 그건 균형 잡기 어려우니까, 그냥 유모차 같은 걸 만드는 것도……."

"어이, 불온한 소리 하지 마라! 그리고 유모차는 또 뭐예요?! 그 말을 들으니 불안한 예감이 들거든요?!"

메구밍이 굳은 표정으로 항의했지만 나는 의외로 나쁘지 않은 아이디어 같아서 생각에 잠겼다.

음, 의외로 괜찮지 않을까?

튼튼하게 만든 후 돌아가는 길에 몬스터와 마주치기라도 하면 메구밍을 태운 채 속도를 붙여서 그대로 들이박으면 꽤 쓸 만한 무기가 될 것 같은데…….

"카즈마가 입 다물고 있으니 불안이 몰려오거든요?! 무슨 말이라도 좀 해보세요! 그리고 저를 업으면 카즈마도 여러모로 이득이잖아요? 여자애와의 스킨십을 못하게 되어도 괜찮은 거예요?"

"네 몸은 발육이 별로라서 딱딱하거든. 기왕이면 너보다 폭신폭신한 애를 업고 싶어."

"이 남자는 정말……!"

나와 메구밍이 그런 이야기를 나누고 있을 때였다.

"후하하하하하하하! 아무래도 곤란한 상황에 처한 것 같구나. 입으로는 그런 소리를 하면서도, 마음속으로는 매번이 어부바를 기대하는 남자여!"

"너, 갑자기 나타나서 무슨 소리를 하는 거야?! 그리고 누가 기대했다는 거냐고!"

대체 어디서 튀어나온 건지는 모르겠지만 내 앞에 느닷없이 나타난 바닐이 미소를 지었다.

이 녀석, 혹시 우리를 몰래 쫓아온 걸까.

아쿠아가 감시를 한다고 했는데 오히려 우리가 감시를 당하고 있었다.

"뭐, 개의치 마라. 욕망에 충실한 건 좋은 일이지. 이 몸또한 욕망에 따라 그대가 느끼고 있는 수치심이란 악감정을탐닉하고 있으니까."

……마을에 돌아가면 아쿠아한테 이 녀석을 해치우라고해야겠다.

우리가 이러고 있을 때 바닥에 널브러져 있던 메구밍이―.

"저기, 그런 건 아무래도 상관없으니까, 이제 슬슬 업어주면 안 될까요? 맨땅에 드러누워 있으니 좀 춥거든요."

그렇게 말하면서 빨리 업어달라는 듯이 두 손을 뻗었다.

"어쩔 수 없네……. 오늘은 업어주겠지만, 내일부터는 외발 수레 신세일 줄 알아. 나는 너를 업어주는 걸 기대한 적이 없다고."

"마을 안에서 저를 짐짝 나르듯 옮기지는 말아줬으면 좋겠는데요. ……바닐, 왜 그러죠? 그것보다, 손에 든 그건 뭔가요?"

나도 메구밍의 말을 듣고 바닐이 손에 든 것이 뭔지 눈치챘다.

"음. 이것이 바로 이 몸이 그대들의 뒤를 밟으며 여기까지 온 이유다. 평범하게 업으면 피곤하지만, 이 개발 도상국 아가씨의 온기와 감촉도 즐기고 싶다. 그런 욕심 많은 그대에게 추천하는 상품이지. 자, 하나 구매하지 않겠나?"

"어이, 그런 소리 지껄이지 마. 네가 괜한 소리를 할 때마다 파티 멤버들이 날 쳐다보는 눈길이 매서워진다고. ……그게 뭐야?"

바닐이 내민 것은 천과 끈으로 된 물건이었다.

"포대기다."

"카즈마, 저건 절대 사지 마세요! 포대기로 저를 업는 것만은 하지 말아달라고요! 차라리 외발 수레로 옮기세요! ……카즈마, 왜 지갑을 꺼내는 거죠? 카즈마!!"

3

바닐한테서 산 편리 아이템 탓에 메구밍이 나와 말을 섞지 않게 된 후로 사흘이 지났다.

"─저기 있네. 카즈마, 보고 있지? 저 악마가 여자애를 헌

팅하고 있어."

"여자애가 아니라 아줌마잖아. 그리고 아줌마 쪽에서 호의적으로 말을 걸고 있는 데다, 장사를 하고 있는 것 같지도 않아. 게다가 헌팅은 나쁜 짓이 아니라고."

나는 현재 아쿠아와 함께 바닐을 감시하고 있었다.

왜 이제야 바닐을 감시하는 것이냐면 추운 날씨와 밤놀이 등의 다양한 고난으로 인해 이렇게 미뤄지고 만 것이다.

메구밍은 여전히 포대기를 경계하는 건지 다크니스와 함께 일과를 하러 간 바람에, 아쿠아의 이 놀이에 어울려줄 사람은 나뿐이었다.

벽에 찰싹 달라붙어서 바닐을 몰래 감시하고 있는 아쿠아가 말했다.

"카즈마는 정말 멍청하네. 모르는 사람한테 이런저런 수작을 부려서 가까워진 후에, 온갖 거짓말로 세뇌하는 게 악마의 수법이거든?"

"네 신자들도 똑같은 짓거리를 하는 것 같던데."

우리가 주시하고 있는 바닐은 현재, 아주머니들과 즐겁게 이야기를 나누고 있었다.

때때로 웃음소리가 들리는 것을 보면 자칭 여신보다 이 마을에 잘 녹아들어 있었다.

"저기, 카즈마. 이상해. 과일가게 아줌마가 즐겁게 이야기를 나누고 있어. 내가 과일을 사러 갈 때마다 질색을 했었는데……."

"네가 매번 깎아달라고 응석을 부리니까 그런 거야. 아, 이동하는 것 같네."

이윽고 담소를 마친 바닐은 아주머니들과 헤어지더니 마을 상점가를 향해 걸어갔다.

우리는 그런 바닐을 몰래 쫓아갔다.

"—자, 이것이 바로 영험하기로 소문난 바닐 인형! 이것을 방 안에 두면 유령이 겁을 집어먹고 부리나케 도망가지! 지금 사면 한밤중에 웃으며 눈을 반짝거리는 서비스 기능까지 추가해주마!"

바닐은 상점가의 수많은 인파 속에서 노상 판매를 시작했다.

판매하는 물건은 저번에 우리가 싸운 적이 있는 수상한 인형의 축소판이었다.

"……저기, 이 인형에는 진짜로 유령을 쫓는 효과가 있나요?"

한 여성이 수상한 노상 판매를 시작한 바닐에게 머뭇거리며 물었다.

"음, 에리스 교회에서 파는 수상한 호부보다 훨씬 효과가 있지. 문제점은 사람들의 눈에 띄는 창가 같은 곳에 두면 이 몸의 극성팬인 악마들이 훔쳐갈 가능성이 있다는 거다."

"한 개 주세요! 아아, 이걸로 밤에 푹 잘 수 있겠네요! 우리 시어머니는 이 세상을 떠나고도 며느리인 저를 계속 괴롭히거든요! 매일 밤 베갯머리에서 난리를 피워대니 잠을 잘 수가 없어요! 이걸로 시어머니한테 한 방 먹여줄 수 있겠어요!"

나와 아쿠아는 그런 무시무시한 소리를 늘어놓는 여성 손님과 바닐을 멀찍이 떨어진 곳에 숨어서 바라보았다.

"……어이, 저 여자는 유령 때문에 고생하고 있나 봐. 그건 네 관할 아니었어? 악마가 사람들에게 더 도움이 된다는 게 말이 되냐고."

"무슨 소리를 하는 거야? 저건 피치 못할 사정이 있어. 저 사람의 시어머니는 생전에 괴롭혔던 며느리에게 사과를 하고 싶나 봐. 그래서 밤이면 밤마다 저 사람의 베갯머리에 나타나서 사과의 의미로 자신의 창작 댄스를 선보이는 거래. 퇴치하러 갔다가 들은 거니까 틀림없어."

그건 며느리를 계속 괴롭히고 있는 거나 다름없다는 생각이 드는데…….

"그건 그렇고 저런 물건도 팔리는구나. 나도 포교를 겸해 아쿠아 인형을 만들어 볼까? 물의 여신의 슈퍼 파워를 담아서, 화창한 아침에 인형이 깨끗한 물을 생성하게 하면 어떨까? 여러모로 편리할 테고, 아이들에게 인기가 있을 것 같지 않아?"

"인형을 안고 자던 아이들이 아침에 대참사를 경험하겠네. 다음 날 아침, 이불에 실례를 한 줄 안 어머니에게 따끔하게 혼나는 장면이 머릿속에 떠오르는걸."

우리가 그런 말을 하는 사이에도 저 수상한 인형은 계속 팔리더니 결국 매진됐다.

바닐은 길거리에 펼쳐둔 보자기를 접고 어딘가로 사라졌다.

나와 아쿠아가 허둥지둥 쫓아가자ㅡ.

바닐은 갑자기 멈춰선 후 목을 180도 회전시켜서 우리를 똑바로 쳐다보았다.

"ㅡ히익! 미행한 건 미안하지만, 이렇게 할 필요는 없지 않아?!"

"맞아! 지나가던 애가 깜짝 놀라서 울음을 터뜨렸잖아! 너, 저 애한테 사과해! 뭐, 나는 놀라지 않았지만, 겸사겸사 나한테도 사과하란 말이야! 참고로 말하는데, 나는 진짜로 놀라지 않았거든?!"

미행을 들켰을 뿐만 아니라 간 떨어질 뻔한 우리는 바닐에게 그렇게 따졌다.

"멋대로 미행해놓고 그런 소리를 하는 것이냐. 스토커 여신과 겁쟁이 소년이여, 대체 이 몸에게 무슨 볼일이지?"

"아니, 뭐, 네가 이 마을에서 어떻게 지내는지 신경 쓰여서 말이야."

"네가 악행을 저지르는 건 아닌지 감시하는 거야!"

내가 말을 골라 그렇게 말하고 있을 때 아쿠아가 주저 없이 진실을 폭로했다.

"악마에게 악행을 저지르지 말라고 하는 건 이 몸이라는 존재의 근간을 뒤흔드는 짓이지. 그래도 이 마을에서는 할 일이 있는 만큼, 너희가 걱정하는 그런 짓을 할 생각은 없다. 게다가 적자 점주 탓에 이번 달 재정도 위기지. 아르바이트라도 해서 메우지 않았다간 가게가 남한테 넘어가고 말 거다."

가게가 적자라서 돈을 구하러 동분서주하는 마왕군 간부 따위는 보고 싶지 않았다.

"악마의 말을 믿을 것 같아? 찔리는 구석이 없다면, 내가 계속 따라다녀도 문제될 건 없겠네?"

아쿠아가 그렇게 말하자 바닐은 진심으로 질색하듯 입가를 일그러뜨렸다.

"네 녀석이 이 몸을 쫓아다니겠다는 말만 들어도 불길한 예감이 샘솟는다만……. 뭐, 좋다. 이 몸을 방해하지만 않는다면 멋대로 하거라."

그렇게 말한 바닐은 손을 내저으며 다시 걸음을 옮겼다.

"─자, 보고 가세요! 신선한 감자 남작을 특판하고 있어요~! 통통 튀고, 춤추고, 먹을 수 있는! 갓 수확해서 탱글탱글한 감자 남작입니다~!"

"오늘 저녁 추천 반찬거리는 바로 이것, 영양 만점인 호라이 당근! 싸워도 좋고, 먹어도 좋고, 동침해도 좋으며, 뿌리 부분이 섹시한 호라이 당근 어떠십니까!"

대체 어쩌다 이렇게 된 걸까.

내 눈앞에서는 아쿠아와 바닐이 채소 가게 앞에서 호객 행위를 하고 있었다.

"이익, 이 특판녀! 이 몸의 알바를 방해하지 마라! 당근이 팔려서 이익이 나면 날수록 내 아르바이트비도 늘어난단 말이다. 대체 왜 아르바이트를 하겠다고 나선 건지는 모르겠지만, 호객 행위라면 좀 떨어진 데서 해라!"

"저기, 나를 떨이 판매 제품 같은 호칭으로 부르지 마! 그리고 어쩔 수 없잖아! 네 호객 행위를 보니 옛날에 겪었던 아르바이트 생활이 생각나서, 지기 싫다는 생각이 마구마구……."

채소 가게 주인과 아는 사이인 듯한 바닐이 일하는 모습을 본 아쿠아는 자기도 아르바이트를 하겠다며 응석을 부렸고, 경쟁심을 드러내며 호객 행위를 시작했다.

"하찮은 경쟁심만으로 이 몸의 일을 방해하지 마라! ……어이쿠, 지나가는 모험가여. 그대에게 고난의 상이 보이는구나. 하지만 이 당근을 사면 좋은 일이 생길 것이다! 소중히 품속에 넣어두면, 몬스터와의 전투 중에 미끼가 되어주겠지!"

"그런 용도라면 이 감자 남작을 추천해! 남작은 무투파니까, 잘 길들여두면 미끼뿐만 아니라 전위로서 같이 싸워줄

지도 몰라!"

채소는 식재료로 사용해.

내가 이세계의 부조리함에 분개하고 있는 와중에도, 채소는 차례차례 팔려나갔다.

"내가 더 많이 팔았네. 뭐, 그럴 만도 해. 이게 평소 행실의 차이라는 거야."

"이익은 이 몸이 더 많이 냈지만 말이다. 고가인 호라이 당근은 감자 남작보다 맛도, 가격도, 전투력도 격이 다르지."

채소의 전투력이란 게 대체 뭔지 따지고 싶었지만, 저 두 사람이 어이없게 경쟁심을 불태우고 있는 이 상황에서 채소 가게 주인은 희희낙락하고 있었다.

"두 사람 덕분에 살았는걸. 본격적으로 우리 가게에서 일해볼 생각 없어? 이 일은 당신들의 천직이야! 내가 보증하지!"

이 녀석들의 천직은 여신과 악마라고요.

"제안 자체는 고맙지만, 이 몸에게는 해야 할 일이 있다. 이따금 아르바이트로 일하는 거라면 괜찮다만……."

"맞아. 나는 채소 장수로 궁극의 경지에 오르는 것도 나쁘지 않을 것 같지만, 그랬다간 전국 1천만의 아쿠시즈 교도의 눈물이 바다를 이룰 거야……."

너희도 왜 구미가 당기는 듯한 반응을 보이는 거냐고.

다음 날 아침.

"그 악마, 꼬리를 전혀 내밀지 않네."

소파 위에 벌러덩 드러누운 아쿠아가 인상을 쓰며 그렇게 말했다.

어제는 노동의 기쁨에 눈뜬 아쿠아가 밤늦게까지 아르바이트를 하다 보니 어느새 하루가 끝나고 말았다.

"내 지나친 생각일지도 모르지만, 그 녀석은 남에게 민폐를 끼칠지는 몰라도 아마 해를 끼치지는 않을 거야. 오늘도 그 녀석을 미행할 거야?"

"정말 그럴까? 뭐, 이대로 아무 문제도 일으키지 않는다면 불시에 습격해서 퇴치해버려도 내가 악당 취급을 당할 거야. 오늘은 그 녀석을 쫓아다니지 않을래. 어제 그렇게 일했잖아. 노동 후에는 휴식이 필요하거든."

겨우 하루 일했는데 휴식이 필요한지 의문이지만 나로서는 이 녀석이 묘한 짓을 벌이지 않는 편이 좋았다.

나는 난로 안에 장작을 넣으면서 어제 아쿠아가 아르바이트비 대신 받아온 감자 남작을 난로의 재에 묻어서 익혔다.

알루미늄 포일이 있다면 더 좋겠지만 아쉽게도 이 세상에는 그런 것이 없다.

실내에 감자가 익는 향긋한 냄새가 감돌자 아쿠아는 서둘러 버터와 간장을 가지러 갔다.

참고로 내 옆에는 바닐에게서 산 편리 아이템인 포대기를 경계하느라 요즘 들어 나와 말도 섞지 않았던 메구밍이 있었다.

자존심보다 식욕을 우선한 건지 메구밍은 난로 앞에서 몸을 웅크린 채 감자가 익기만 이제나 저제나 기다렸다.

내가 정말 쉬운 녀석이라고 생각하며 재 안에서 적당히 익은 감자를 꺼냈을 즈음, 이제야 잠에서 깬 다크니스가 2층에서 모습을 비췄다.

"별일도 다 있네. 네가 가장 늦게 일어나다니. 감자가 적당히 익었는데, 먹을래?"

다크니스는 졸린 듯한 눈을 깜빡이며 고개를 끄덕였다.

"먹겠다. 실은 어떤 괴이한 사건을 조사하느라, 어젯밤에도 늦게 귀가했거든."

……괴이한 사건?

"─실은 요즘 들어, 여관에 머물던 모험가들이 악몽 때문에 괴로워한다더구나."

나는 다크니스가 버터 감자를 먹으며 한 말을 듣고 고개를 갸웃거렸다.

"악몽은 누구나 꾸는 거 아냐? 그게 왜 사건으로 여겨지는 건데?"

내가 그렇게 묻자 다크니스는 난처한 표정을 짓고 말했다.

"나도 그렇게 생각한다만……. 아무래도 모험가가 머무는 방에서 비명이 들려와 주인이 무슨 일인가 싶어 방에 가보면, 그들은 하나같이 나쁜 꿈을 꿨다고만 말한다더구나……. 그러는 이의 숫자가 너무 많아서, 몬스터의 짓으로 의심한 여관 주인에게 조사를 부탁했다."

다람쥐처럼 볼을 부풀리며 버터 감자를 먹던 메구밍이 입을 열었다.

"검은 말 같은 형태를 한 나이트메어란 몬스터가 악몽을 보여주기는 해요. 하지만 그런 게 마을에 들어왔다면 바로 알려졌을 건데요……."

뭐, 한밤중에 말처럼 생긴 무언가가 마을 안을 어슬렁거린다면 누구라도 눈치를 챌 것이다.

우리의 이야기를 듣고 있던 아쿠아가 손뼉을 쳤다.

"저기, 카즈마. 이건 평소 행실이 좋은 나에게 내려진 상이야!"

아쿠아는 입가의 간장을 닦으면서 그런 어처구니없는 소리를 입에 담았다.

"남이 불행할수록 밥이 맛있기라도 한 거야? 너, 그런 어이없는 소리만 늘어놓다간, 언젠가 천벌을 받을 거야."

"그런 게 아냐, 이 망할 백수야! 그리고 대체 누가 나에게 천벌을 내린다는 건데?! 아무튼, 그 괴상한 악마가 이상한 인형을 만들어서 판 건 기억하지?"

나는 아쿠아의 말을 듣고 어제 바닐이 유령을 쫓는 인형을 팔았던 것을 떠올렸다.

"호부! 아쿠시즈교의 호부를 파는 거야! 나이트메어는 남에게 악몽을 보여줘서 생겨난 악감정을 먹어치우는 하급 악마의 일종이야. 내가 정성 들여 만든 호부라면 그런 말단 악마가 다가오는 걸 막을 수 있어! 잘만 풀리면 돈도 벌 수 있고, 아쿠시즈 교단의 평판도 좋아지는 데다, 악몽을 꾸는 사람도 없어질 거야! 모두가 행복해질 수 있는 멋진 아이디어 아냐?!"

아쿠아가 웬일로 좋은 아이디어를 내놓았고 우리는 미심쩍은 표정을 지었다.

"너, 뭐 잘못 먹은 거야? 혹시 버터 감자에 이상한 거라도 섞여 있었어? 감자 남작이란 이상한 이름이 붙은 채소니까, 이상한 효과가 있더라도 전혀 이상할 게 없네."

"너, 그런 소리 하다간 진짜로 천벌을 받을 거야. 나도 때로는 좋은 생각이 날 때가 있거든?"

항상 그렇지는 않다는 것을 자각하고 있는 건가.

"흠, 그런 거라면 협력하마. 아쿠아의 프리스트로서의 실력만은 신용하고 있지. 그런 아쿠아가 만든 호부라면 틀림없이 효과가 있을 거다."

"저기, 다크니스. 방금 프리스트로서의 실력만은, 이라고 말했지?"

"그래요. 다른 건 몰라도 악마 퇴치에 있어서만큼은 신용해도 되겠죠. 저도 도울 일이 있다면 돕겠어요."

"저기, 메구밍. 방금 다른 건 몰라도, 라고 말했지?"

—이리하여……

정체불명의 악몽 사건을 해결하기 위해, 아쿠시즈 교단 특제 호부가 판매되게 되었다.

5

"—안 팔리네."

모험가 길드 구석의 테이블에 호부를 늘어놓은 아쿠아가 그렇게 말했다.

아쿠아는 길드 직원에게 떼를 쓴 끝에, 거의 억지에 가까운 형태로 호부 판매를 허락받았지만—

"악마를 쫓는 호부는 가지고 다녀도 손해는 안 될 텐데 말이다. 남자 모험가만 악몽을 꾼다던데, 왜 그들은 이렇게까지 호부를 구입하지 않는 거지?"

호부가 팔리지 않자 다크니스는 의아한 표정을 짓고 그렇게 말했다.

"그들도 모험가니까요. 악마가 무서워서 호부를 사는 걸

수치스럽게 여기는 걸지도 몰라요."

메구밍은 그들의 심정이 조금은 이해된다는 듯 고개를 끄덕였지만—.

"……어이, 아쿠아. 혹시나 해서 묻겠는데, 이 악마를 쫓는 호부를 가지고 있으면 서큐버스도 다가오지 못하는 거지?"

"당연하잖아. 서큐버스 같이 약해빠진 악마가 내 특제 호부 근처로 다가올 수 있을 리가 없거든? 그러고 보니 카즈마는 예전에 서큐버스에게 습격을 당한 적이 있지? 그 일이 트라우마가 되기라도 한 거야? 어쩔 수 없네. 카즈마한테도 한 개 줄—."

"됐어."

나는 주저 없이 거절했다.

"어째서야? 모처럼 공짜로 주겠다는 거잖아? 순순히 받—."

"됐어."

나는 아쿠아의 말을 끝까지 들어보지도 않고 딱 잘라 거절했다.

사실 나는 이 호부가 팔리지 않는 이유를 눈치채고 말았다.

악마가 다가오지 못하게 하는 호부를 가지고 있으면 서큐버스 서비스를 받을 수가 없잖아.

그 뿐만 아니라 저런 걸 지니고 다녔다간 서큐버스들에게 미움을 살지도 모른다.

바로 그때였다.

"여어, 카즈마. 이런 데서 뭘 하고 있는 거야?"

양아치 모험가로 유명한 더스트와 키스가 나에게 말을 걸었다.

"악마를 쫓는 호부를 팔고 있어. 뭐, 매상은 바닥을 치고 있지만 말이야."

두 사람은 내 말을 듣더니 어떻게 된 건지 알겠다는 듯 쓴웃음을 흘렸다.

나는 그런 두 사람이 어떤 티켓을 소중히 움켜쥐고 있는 것을 눈치챘다.

"저기, 그건 무슨 티켓이야? 보아하니 그 가게의 할인권과 비슷해 보이는데, 색깔이 다르네."

더스트와 키스는 내 말을 듣고 히죽 웃으면서 여자애들과 좀 떨어진 곳으로 이동했다. 그리고 나에게 자기들 쪽으로 와보라는 듯이 손짓을 했다.

"……응? 왜 그래? 무슨 일이야?"

내가 의아해 하면서 두 사람에게 다가가자 더스트는 몸을 웅크리며 귓속말을 했다.

"요즘 그 가게에서 특수한 서비스를 시작했어. 이 티켓은 그 서비스의 체험 티켓인데, 이게 있으면 무료로 서비스를 받을 수 있나 봐."

맙소사.

서두르지 않았다간 티켓이 바닥날지도 모른다는 생각에

조바심이 난 나에게, 키스가 낮은 목소리로 말했다.

"그 특수 서비스에는 따로 당첨이 있나 보더라고."

우와, 맙소사.

"당첨이 대체 뭔데? 엄청난 거야? 끝내주는 꿈을 보여주는 거야? 하지만 원래 원하는 꿈을 보여주는 건데, 대체 어떤 당첨이……."

내가 당첨이 뭔지 진지하게 고민하고 있을 때, 나와 마찬가지로 진지한 표정을 지은 키스가 말했다.

"그야 상대는 서큐버스잖아. 당첨이라면……. ……꿈이…… 아니라든가?"

나는 다른 동료들을 내버려둔 채 그 가게를 향해 미친 듯이 뛰어갔다.

6

집에 돌아와서 동료들에게 대체 어디 갔던 거냐는 잔소리를 들은 후, 나는 내일부터 호부 판매를 돕겠다고 말했다.

"걱정하지 마. 나는 운이 좋잖아. 그러니 분명 당첨을 뽑을 수 있을 거야. 틀림없다고."

그리고 더스트, 키스와 술을 마시기로 했다는 핑계를 대고 마을의 여관에 묵었다.

"양치질을 했고, 목욕도 했어. 그것도 구석구석까지 깨끗하게 씻었으니 괜찮아."

어느새 밤이 깊어지고 마을 안에 있는 술집도 하나둘 문을 닫았다.

"상대는 프로 누님이니까, 내가 처음이라도 문제될 건 없어. 비웃지는 않을 테니 걱정하지 마. 쾌쾌, 괜찮을 거야!"

침대에 들어간 나는 아까부터 몇 번이나 혼잣말을 되뇌었다.

우와, 정신이 말똥말똥해서 잠이 안 와.

아니, 잠들지 않는 편이 나으려나?

아냐. 만약 당첨이 아니라면 잠들지 않은 바람에 꿈도 꾸지 못한다는 최악의 사태가 벌어진다.

그래. 상냥한 서큐버스 누님들이라면 당첨을 뽑은 나를 상냥하게 깨워줄 거야.

그러니 어떻게든 빨리 잠들어야…….

"윽?!"

그 순간, 내 뇌리에 전류가 흘렀다.

내가 좀처럼 잠들지 못하자 꿈을 보여주러 온 서큐버스는 난처해 한 끝에 확…… 현실에서 그렇고 그런 서비스를 해준다.

다음에는 그런 상황의 꿈을 부탁해야겠다.

"아아, 왜 이제야 이런 생각이 난 걸까. 그러면 이렇게 가슴이 벌렁거리지도 않을 텐데……!"

이 상황을 전달 받은 서큐버스가 그대로 꿈에 나와 준다면 가장 좋을 것 같다.

아니, 성희롱이라며 질색을 하려나?

아니, 상냥한 서큐버스들이라면 분명 웃으며 용서해줄 것이다.

오히려 그걸 가지고 도발적으로 희롱할지도 모른다.

그렇다. 그렇게 하자. 동료들이 미심쩍어 할지도 모르지만 내일도 외박하자.

내가 결심을 한 바로 그 순간이었다.

"손님, 주무시나요……?"

창문 쪽에서 작은 목소리가 들려왔다.

그 목소리를 들은 순간, 내 심장은 격렬하게 뛰었다.

"아, 아뇨. 죄송해요. 좀처럼 잠이 안 와서요."

침대에서 몸을 벌떡 일으킨 내가 상기된 목소리로 대답하자 낮은 웃음소리가 들렸다.

"괜찮아요, 손님. 긴장한 탓에 좀처럼 잠들지 못하는 분도 계시니까요. 특히 처음 이용하시는 손님 중에는 그런 분이 많답니다."

나는 그 말을 듣고 안심하는 것과 동시에, 서큐버스의 상냥한 마음씨가 고맙게 느껴졌다.

침대에서 몸을 일으킨 채 창문을 쳐다보니 저번에 내 저택에 침입하려다 잡혔던 로리 서큐버스가 창밖에서 미소 짓고 있었다.

서큐버스는 살며시 창문을 열고 방 안으로 슬며시 들어왔다.

"하지만 이제 어떻게 하죠? 이제부터 손님이 잠들더라도, 딱 좋은 타이밍에 아침이 될 것 같은데……."

서큐버스는 그렇게 말하며 난처한 표정을 짓더니 나를 지그시 응시했다.

"아, 잠들지 못한 내 잘못이니까 개의치 마. 게다가 전에 우리 집에 왔을 때도 잡혀서 고생했잖아. 그러니, 그때 빚을 갚은 걸로……."

나는 당황한 말투로 그렇게 말했고 서큐버스는 방그레 웃으며 입을 열었다.

"그러고 보니 손님에게는 그때 도움을 받았죠. 그리고 답례를 아직 하지 않았군요."

서큐버스는 그렇게 말하면서 나를 향해 한 걸음 다가왔다.

"아, 아니, 그때도 내 동료들이 너를 잡은 거잖아. 그러니 답례를 받는 것도 좀 그런데……."

나는 목소리가 상기되지 않도록 주의하며 그렇게 말했다.

"그때 지켜주셨을 때, 저는 정말 기뻤어요."

그리고 한 걸음 더 다가온 서큐버스는—.

"여여, 여자애를 돕는 건, 모험가로서 당연한 일이라고 할까……."

서큐버스는 완전히 패닉에 빠진 내 입술에 손가락을 대면서 말을 못하게 막고…….

"서큐버스이자 악마인 저를, 여자애로 여겨주는 건가요? ……기뻐요."

어둠 속에서 배시시 웃으면서―.

"손님. 잠들지 않으실 거라면……. 제가 답례를 해도 될까요?"

7

"아쿠아아아아아아아! 아쿠아, 아쿠아, 아쿠아아아아아아!"

나는 저택에 뛰어 들어가자마자 핏발 선 눈으로 아쿠아를 찾았다.

"가, 갑자기 왜 그래? 아쿠아 님이라면 바로 여기 있어."

평소와 마찬가지로 잠옷 차림으로 소파 위에 있는 아쿠아가 당황한 목소리로 그렇게 말했다.

"아쿠아, 그 자식을 죽여 버리자! 나는 그 자식을 절대 용서 못해! 작살을 내버리겠어!"

"다크니스 같은 소리 하지 말고 좀 진정해. 그 자식이 대체 누구야? 어제 외박했을 때, 무슨 일 있었어?"

나는 평소와 다르게 차분한 아쿠아에게 어젯밤에 있었던

일을 실토했다.

"—으음, 고맙다는 말을 하러 온 여자애와 굿모닝 키스를 하려고 했더니, 실은 바닐이 당첨이었다? 저기, 무슨 말을 하는 건지 모르겠거든?"

"내가 겪은 일이 뭔지는 상관없어! 으, 떠올리기만 해도 화가 치솟네! 한밤중에 떠나갈 정도로 비명을 지른 바람에 여관 아저씨한테 혼났다고! 그것보다 그 녀석을 퇴치하러 가자! 네 말대로 악마는 적이야!"

내가 울면서 호소하자 아쿠아는 겁먹은 반응을 보였다.

"저기, 어제 다크니스와 이야기를 나눠봤는데……."

아쿠아의 뒤를 잇듯, 다크니스가 거북한 표정을 짓고 떠듬떠듬 입을 열었다.

"음. 바닐은 마을 안의 쓰레기를 치우고 까마귀를 쫓는 등, 꽤 기특한 행동을 하고 있다. 그래서, 저기……. 일단 정식적으로 이 마을의 주민으로 받아들이기로……."

그날.

나는 이 세상에서 악마와 마왕군 간부를 근절하기로 몰래 맹세했다.

1

그것은 점심때를 지났지만 저녁을 먹기에는 이른 시간대의 일이었다.

배가 좀 출출한 내가 액셀 마을을 어슬렁거리면서 노점의 음식을 사먹을 때였다.

"어이, 거기 형씨."

노점에서 파는 정체불명의 고기 꼬치구이를 사서 벤치에 앉아 먹고 있을 때, 모험가로 보이는 남자가 나에게 말을 걸었다.

이 마을에서 나를 형씨라고 부르는 것을 보면 아마 다른 마을에서 온 사람일 것이다.

"잇단 이거 돔 머거도 되까요?"

"……아, 그래. 식사를 방해해서 미안해."

나는 꼬치구이를 먹으면서 말을 건 모험가를 관찰했다.

키는 나보다 머리 두 개 정도 큰 것 같았다.

검은색으로 통일된 경갑옷을 착용했으며 그 위에 검은색 망토를 걸쳤다.

인상은 약간 험악한 편이지만 그래도 은근한 매력이 느껴지는 미남이었다.

갑옷 곳곳에 난 흠집과 허리 양쪽에 찬 두 자루의 쌍검이 꽤 닮은 것을 보면, 상당한 베테랑 모험가라는 것을 한 눈에 알 수 있었다.

머리카락은 검붉은 색이고 강렬한 의지가 느껴지는 갈색 눈동자에서는 범상치 않은 안광이 뿜어져 나왔다.

─딱 봐도 나보다 훨씬 레벨이 높고 강해 보이는 역전의 용사다.

"먹으면서 내 이야기 좀 들어줘. 실은 사람을 찾고 있어."

그 남자는 그렇게 운을 뗀 후─.

"내 이름은 오즈마. 자트 오즈마다. 이 마을에 사토 카즈마란 남자가 있다고 들었어. 이 마을에서 유명한 남자라던데, 어디로 가면 그 녀석을 만날 수 있는지 가르쳐주지 않겠어?"

나는 먹고 있던 꼬치구이를 뿜었다.

"─괜찮아? 자, 크리에이트 워터로 물을 만들었으니, 이걸 마셔."

오즈마는 음식이 목에 걸려서 기침을 하고 있는 나에게 물이 든 컵을 내밀며 그렇게 말했다.

……그렇다. 오즈마다.

"오즈마 씨라고 했죠? 고마워요. ……으음, 오즈마 씨는 모험가죠? 저기, 사토 카즈마에게 무슨 볼일로……."

나는 건네받은 물을 마시면서 은근슬쩍 물어보았다.

그건 그렇고, 이름이 정말 비슷했다.

혹시 이름이 비슷하니 개명하라거나, 그 이름을 계속 쓸 거면 사용료를 내놓으라는 걸까.

부모님에게서 받은 이름을 가지고 트집을 잡히는 건 싫지만, 이렇게 세 보이는 사람에게 협박을 당하면 무심코 지갑을 건네주고 말 것이다.

"실은 나와 이름이 비슷한 그 녀석은 평판이 꽤 나쁘거든. 그 바람에 나한테도 불똥이 튀고 있지. 그래서 한 마디 해줄까 해. ……뭐, 그것 말고도 다른 볼일이 있긴 하지만……."

오즈마는 그렇게 말하며 쓴웃음을 짓더니 뒤통수를 긁적였다.

왠지 나쁜 사람은 아닌 것 같았다.

내 평판이 나쁘다는 말이 좀 신경 쓰였지만 딱히 나에 관해 좋은 소문이 돌지 않는다는 건 알고 있다.

충동적인 사람으로 보이지도 않으니 자초지종을 제대로 설명하면 이해해주지 않을까.

"……화내지 말고 들어줘요. 실은—."

내가 입을 열려던 바로 그때였다.

"오즈마! 여기 있었구나! 카즈마라는 괘씸한 녀석은 찾았어?!"

멀리서 여성의 목소리가 들려왔다.

그와 동시에, 여자 모험가 세 사람이 우리를 향해 다가왔다.

"저기, 오즈마. 너는 얼굴이 험상궂으니까 정보 수집은 우리가 하겠다고 말했지? 방금도 네가 이 마을의 남자애를 협박하는 것처럼 보였거든?"

검은 머리카락의 마법사가 그렇게 말하며 나를 불쌍하다는 듯이 쳐다보았다.

"죄송해요. 우리 오즈마 씨가 폐를 끼친 것 같네요······."

푸른 색 머리카락의 프리스트는 미안하다는 듯이 고개를 숙였다.

그리고—.

"소년, 미안하다. 하지만 이 남자도 나쁜 사람은 아니니, 무서워하지는 말아줬으면 한다. 아, 나는······."

칙칙한 금발과 벽안을 지닌 미녀가 기사의 격식에 맞춰 예를 표하며 미소 지었다.

"나는 라크리스. 크루세이더다. 소년은 이름이 뭐지?"

"저는 타나카라고 해요."

나는 가명을 쓰기로 했다.

2

"오래 기다리셨어요. 개구리 혀 바삭바삭 튀김 나왔어요!"

"오, 이거 진짜 맛있어요."

장소를 옮기기로 한 우리는 근처 가게에서 식사를 하며 이야기를 나눴다.

"개, 개구리? 우와, 나는 무리야. 패스. 저기, 달려라 매솔개나 눈새 토끼 고기는 없어?"

아무래도 다른 모험가들은 개구리 고기를 처음 접하는 것 같았다.

"여기는 풋내기 모험가의 마을이거든요? 최약체 몬스터인 개구리 고기가 주 식재료예요. 여기서 다른 고기는 거의 먹어본 적이 없네요. 참고로 여기 사람들은 정체불명의 고기라고 불러요."

"너, 너, 그런 수상한 고기를 잘도 먹네. 웬만한 모험가보다 용기 있는 거 아냐?"

이래 봬도 모험가라서요, 라고는 물론 말하지 못했다.

이 여자 마법사는 아까 이렇게 말했다.

『카즈마란 괘씸한 녀석은 찾았어?!』라고 말이다.

"타나카 씨라고 했죠? 자, 사양하지 말고 많이 먹어요. 이야기를 들려주는 것에 대한 소소한 보답이에요."

프리스트 누님은 그렇게 말하며 미소 지었다.

이 사람의 이름은 아큐아라고 한다.

그리고—.

"저기, 안 먹는 거야? 먹어보고, 어떤 맛인지 알려줘!"

개구리 고기를 먹는 건 무리지만 호기심이 왕성한 건지 기대에 찬 눈으로 쳐다보는 마법사가 있었다.

다른 녀석들도 내 동료들과 이름이 비슷하지만 하필이면 이 애는…….

"메구미, 정보료 삼아 식사를 대접하는 것이지 않느냐. 이것은 그에게 치르는 대가다. 그런데 재촉을 하면 안 되겠지. 편안하게 식사를 하게 해줘라."

"하아, 알았어……. 하지만, 어떤 맛인지 궁금하네……."

그렇게 말한 마법사, 메구미는 기대에 찬 눈길로 나를 힐끔힐끔 쳐다보았다.

……그렇다. 그녀의 이름은 메구미다.

나는 태클을 날리고 싶은 것을 참으며 포크로 개구리 혀 바삭바삭 튀김을 입에 넣었고…….

"바삭바삭하네."

"그건 이름만 들어도 알거든?! 너, 아까 여기 단골인 것처럼 말했지? 이거 진짜 맛있어요, 하고 말했었잖아!"

메구미는 내 감상이 마음에 들지 않았던 건지 캐묻듯이 그렇게 말했다.

단골 가게에 갔다간 가게 사람들이 나를 카즈마 씨라고

부를 것 같아서, 처음 와보는 가게에서 단골인 척을 하고 있었다.

"그런데, 메구미…… 씨라고 했죠? 저기, 특이한 이름이네요."

"왜 남의 이름을 말하면서 뜸을 들이는 건데? 뭐, 이름 관련으로는 그런 말을 자주 들어. 그게, 저기……. 내 할아버지가 지어준 이름이거든. 이 이름은 은혜를 가져다준다는 의미라고 했어."

아무래도 이 애는 나와 같은 일본인이 아니라, 이곳으로 보내진 일본인의 손녀인 것 같았다.

"그건 그렇고, 타나카 님. 이 마을에서 카즈마란 남자의 평판은 어떻지?"

라크리스가 개구리 튀김을 먹고 있는 나에게 진지한 표정으로 물었다.

나는 아무 말 없이 개구리 튀김을 오독오독 씹으면서―.

"타나카 님? 타, 타나카 님, 왜 고개를 두리번거리는 거지?"

맞다. 내가 타나카였지.

그러고 보니 그런 이름으로 둘러댔지.

"타나카 씨…… 맞죠?"

"타나카예요."

아큐아가 당황한 표정으로 그렇게 묻자 나는 냅킨으로 입가를 닦은 후 말했다.

"그럼 제가 알고 있는 사토 카즈마에 관한 모든 것을 이야기해드리죠."

나는 천천히 지금까지의 인생을 이야기하기 시작했다.

"—으, 흑……. 카, 카즈마 씨, 정말 불쌍해……!"

내가 이야기를 마치자 메구미는 펑펑 울기 시작했다.

"마을을 구했는데 거액의 빚을 지게 되다니……. 그것도 두 번이나……! 용서 못한다……!"

심성이 곱고 성실한 사람으로 보이는 라크리스가 분노를 터뜨리며 테이블을 내려쳤다.

나는 그런 두 사람에게 미소를 짓고 말했다.

"하지만 그런 막대한 빚을 지게 된 것도, 위대한 그에게 있어서는 사소한 일에 지나지 않았어요. 그는 명석한 두뇌로 새로운 상품을 차례차례 개발했고, 지금은 모든 빚을 청산했을 뿐만 아니라 많은 재산과 저택을 손에 넣었죠. 그리고 오늘도 이 마을의 어딘가에서 사람들의 행복을 기원하고 있을 거예요……."

나는 그렇게 말한 뒤 약간 과장하기는 했지만 거짓말은 아닌 말로 마무리 지었다.

이야기가 클라이맥스에 접어들자 아큐아는 눈을 감고 계속 기도를 올렸다.

그리고—.

"대단한 사나이야……."

오즈마는 깊은 한숨을 내쉬더니 등받이에 몸을 맡긴 채 천장을 올려다보았다.

왠지 좋은 평가를 받으니까 나도 멋쩍었다.

"다행이야⋯⋯! 카즈마 씨가 구원 받아서, 정말 다행이야⋯⋯!"

방금까지 동정의 눈물을 흘리던 메구미가 이제는 감동의 눈물을 흘리고 있었다.

감수성이 예민한 아이다. 처음 만났을 때만 해도 가장 화를 많이 냈던 사람인만큼, 오해가 풀려서 정말 다행이었다.

"그러니 모두가 사랑하는 카즈마 씨는 이 마을에서도 참 바쁜 사람이거든요. 가능하면 더는 성가신 일에 휘말리지 않도록 이대로 그냥 내버려뒀으면 해요."

"그렇다면 어쩔 수 없지. 그와 이야기를 나눠보고 싶었다만⋯⋯. 좋아. 우리는 내일, 원래 마을로 돌아가도록 할까."

내 말을 들은 라크리스가 쓴웃음을 짓고 그렇게 말했다.

한 건 해낸 내가 만족감에 휩싸여 있을 때 천장을 올려다보고 있던 오즈마가 불쑥 나를 쳐다보고 자세를 바르게 고치더니—.

"고맙다, 타나카. 덕분에 좋은 이야기를 들었어. 정말 고마워."

그렇게 말하면서 깊이 고개를 숙였다.

"—뭐, 이런 일이 있었어. 그 사람들한테 얻어먹었으니까 나는 오늘 저녁을 안 먹어도 돼. 내 몫은 너희가 먹어."

저택에 돌아온 내가 아까 일을 전부 이야기해주자 식사 도중부터 얼어붙은 채 이야기를 듣고 있던 다크니스가 어이없다는 눈길로 나를 쳐다보았다.

"너, 너……. 진짜 이대로 괜찮은 것이냐?"

"당연하지. 나는 거짓말은 안 했잖아. 방금 이야기에 불만이 있으면 말해보라고."

의자에 앉은 내 무릎에 앉아서 내가 손도 대지 않은 음식을 뚫어져라 쳐다보고 있는 춈스케를 쓰다듬어준 나는, 다크니스를 향해 그렇게 대꾸했다.

"하지만 납득했다니 다행이네요. 요즘 이런저런 일이 있었던 만큼, 저도 느긋하게 쉬고 싶어요."

"그래. 메구……밍의 말이 맞아. 나도 한동안 느긋하게 보내고 싶네."

…………

"아쿠아, 방금 제 이름을 부르면서 왜 중간에 뜸을 들인 거죠? 그리고 뉘앙스에서 위화감이 느껴지는데요……."

"그렇지 않아. 그것보다 메구……밍. 간장 좀 줘."

………………………

"저를 놀리는 거죠?! 배짱 한 번 좋네요, 아큐아! 울음을 터뜨릴 때까지 간지럼을 태울 거예요!"

"어?! 메구미, 뭐하는 거야?! 마법사가 힘으로 나한테 이길 수 있을 것 같아? 아큐아라고 불러서 죄송하다고 말할 때까지, 나도……!"

메구미와 아큐아가 그런 소리를 늘어놓으면서 다투기 시작했다.

"두, 두 사람 다 그만해라. 아직 식사도 안 끝났지 않느냐. 버릇없이 행동하지 마라……."

라크리스…… 아니, 다크니스만은 약간 당황한 반응을 보이면서도 두 사람에게 주의를 줬지만―.

"하지만 라크리스와 다크니스 중에 어느 쪽이 더 성기사와 어울리냐면, 확실히 라크리스 쪽일 거야."

"뭐?!"

메구밍과 마찬가지로 이름을 가지고 자주 놀림을 당하는 라라티나가 할 말이 있는 표정으로 서둘러 식사를 했다.

"아하하하하하하하! 메구미, 메구밍! 알았어! 사과할 테니까 그만해! 부탁이야!"

"사과하겠다면서 또 메구미라고 불렀죠?! 울음을 터뜨릴 때까지 계속 할 거예요!"

나는 그런 즐거운 웃음소리를 들으면서―.

성가신 일을 미연에 방지해준 내 행운에 감사했다.

3

『크아아아아아아아아아아아아아! 사토 카즈마! 빨리 튀어나
와! 결투하자고, 이 자식아아아아아아아아아앗!』

다음 날 아침.

나는 저택 현관에서 들려오는 큰 목소리 때문에 잠에서
깼다.

"저기, 카즈마. 이상한 사람들이 현관 앞에서 시끄럽게 떠
들고 있거든? 너 또 사고를 친 거야? 나쁜 짓을 했다면 같
이 사과해줄 테니까, 빨리 현관으로 와서 사과해!"

그 목소리가 들린 직후에 내 방으로 뛰어 들어온 아쿠아
가 그렇게 외쳤다.

"왜 내가 사고를 쳤다는 전제로 이야기를 하는 건데? 사
고 발생 비율만 보자면 네가 단독 1등이잖아. ……아니, 잠
깐만 있어봐."

침대에서 몸을 일으킨 내가 귀를 기울이자—

『사토 카즈마아아아아아아아아! 이 자식, 감히 우리를 놀
려?! 타나카는 무슨! 확 죽여 버리겠어!』

그런 귀에 익은 목소리가 들렸다.

"어이, 어떻게 하지? 쟤들은 내가 어제 이야기했던, 우리
짝퉁이야."

"그렇다면 메구밍이 나한테 간지럼을 태운 원인이 된 그

사람들이야?”

어쩌면 혹시나 하는 마음에 나 이외의 다른 사람한테 나에 대한 이야기를 들어본 것일지도 모른다.

어쨌든 간에, 이대로 집 앞에서 저렇게 고함을 지르게 둘 수는 없다.

“어이, 아쿠아. 다크니스와 메구밍은 어쩌고 있어?”

“그 두 사람은 현관 앞에서 다투고 있어. 정확하게는, 밖으로 뛰쳐나가려고 하는 메구밍을 다크니스가 말리는 중이야.”

나는 그 말을 듣자마자 잠옷 차림으로 아래층에 내려갔다.

“놔주세요, 다크니스! 이 문 너머에 제가 아쿠아에게 놀림을 받게 만든 녀석들이 있단 말이에요!”

“상대는 이름이 조금 비슷하기는 해도, 메구밍에게 아무 짓도 하지 않았다! 내가 보는 앞에서 남에게 싸움을 걸려고 하는 것을 두고 볼 수는 없어!”

아쿠아의 말대로 다크니스가 현관 밖으로 뛰쳐나가려 하는 메구밍을 말리고 있었다.

“앗, 카즈마! 어제 카즈마가 말한 사람들이 문밖에 와 있어요! 아까부터 문을 두드려대며 저희를 가짜 취급하고 있단 말이에요……!”

“진정해, 메구밍. 그 녀석이라면 내가 지금 바로 처리하겠어.”

어제처럼 혼자라면 몰라도 지금은 동료들이 곁에 있는 데다 이곳은 마이 홈이다.

나는 당당히 현관문을 연 후 주먹으로 문을 두드리려 하던 오즈마를 향해 이렇게 말했다.

"지금부터 경찰을 부르러 가겠어. 죄명은 기물 파손과 협박이야. 이 마을의 경찰관은 무시무시하니까, 너희는 각오 단단히 해두라고."

주먹을 들고 있던 오즈마는 내 말을 듣더니 몸을 부르르 떨며 움직임을 멈췄다.

"이, 이 자식……! 어제 우리를 속인 걸로 모자라 밥까지 얻어먹어놓고, 일이 커지니 경찰한테 매달리는 거냐! 너는 소문으로 들은 것보다 더 쓰레기 같은 자식이구나!"

오즈마가 얼굴을 새빨갛게 붉히고 비난을 하는 가운데, 뒤편에 있는 오즈마의 동료들이 뭔가 할 말이 있는 표정으로 나를 노려보았다.

"흐음, 어디서 무슨 소리를 들은 건지는 모르겠지만, 나는 거짓말을 한 적 없고, 너희를 속인 적도 없어. 게다가 밥을 사줄 테니 이야기를 들려달라고 한 건 너희잖아?"

내가 귀를 파면서 맨발로 집 밖에 나가자 지금까지 입을 다물고 있던 메구미가 눈을 부릅떴다.

"저, 저게……! 염치라고는 눈곱만큼도 없나 보네, 이 거짓말쟁이야! 너는 우리에게 이렇게 말했어! 「그 소드 마스터는 레벨이 30 이상 되는 마검사였죠. 도저히 당해낼 수 없는 상대이니, 순순히 동료를 넘기는 편이 현명한 선택일 거예요. 하지만 그는 달랐어요. 자신이 레벨이 한 자릿수인 풋내기에 장비도 허름한 쇼트 소드뿐, 그리고 설령 직업이 최약체 직업일지라도 말이에요. 동료를 절대 배신하지 않았어요」라고 말이야! 하지만 다른 사람에게 이야기를 들어보니 그 마검사는 자신이 사모하는 이가 우리에 갇혀 있는 모습을 보고 그녀를 구하기 위해 승부를 하자고 한 거라며?! 게다가 너는 기습적으로 스틸을 써서 마검을 빼앗은 걸로 모자라 팔아치웠잖아……!"

메구미는 거침없이 말을 쏟아냈고 나는 그녀보다 더 빠른 어조로—.

"뭐~?! 그게 뭐가 잘못됐는데?! 호수를 정화하는 퀘스트를 받고, 우리 안에서 호수를 정화한다는 안전하고 똑똑한 작전을 결행에 옮겼다고! 그런데 악당 취급을 받은 걸로 모자라 마검사란 자식이 내 동료를 넘기라며 싸움을 걸었단 말이다! 그럼 어떻게 하면 되는데?! 정정당당하게 싸우라는 거야? 레벨이 30 이상 차이나고, 마검을 소지한 데다 장비도 완벽하게 갖춘 상급 직업한테, 빈약한 장비뿐인 내가 정면으로 맞서다 박살이 나야 한다는 거냐?!"

"그, 그렇지만…… 그렇지만……."

내가 이렇게 발끈할 거라고는 생각도 못 한 건지 메구미는 새파랗게 질린 얼굴로 당황했다.

"그리고! 어제 너희는 내 이야기를 듣고 감동했다고 했잖아! 다시 한 번 말하지만, 나는 거짓말을 하지 않았어! 사람마다 생각과 가치관이 다르니 해석에 차이가 있을지도 몰라. 하지만, 진짜로 거짓말은 안 했다고! 그런데 너는 어제 그렇게 울면서 감동해놓고, 오늘은 나를 거짓말쟁이라고?"

"그, 그건……! 아아, 아냐! 어제는 감동했지만, 오늘 차분하게 생각해보니 다른 사람의 이야기도 들어보면 어떻겠느냐는 이야기가 나와서……! 사실 어제 네 이야기는 너무 일방적이기도 했고……."

메구미가 말을 늘어놓으며 뒷걸음질을 치자 나는 마무리를 짓기 위해 몰아붙였다.

"그 말은, 그렇게 울었으면서도 너는 마음 한 편으로 내 말을 의심했다는 거잖아! 확실히 좀 과장하기는 했지만, 그것과 이건 별개의 이야기야! 모처럼 호의를 베풀었는데, 이런 대접은 너무하잖아! 상처받았어! 나, 진짜로 상처받았다고!"

"뭐어?! 나, 나는, 딱히 그럴 생각이었던 건……."

메구미가 금방이라도 울 것 같은 표정을 지었다.

"사과해! 나를 의심한 걸 사과하라고! 해석은 사람마다 하기 나름인 게 당연하잖아!"

"맞아, 사과해! 카즈마 씨를 의심한 걸 사과하란 말이야! 이번에는 카즈마 씨가 잘못한 것 같지만! 그래도, 잘 모르겠지만 사과해!"

"겸사겸사 이름에 대해서도 사과하라고요! 당신 때문에 제가 얼마나 난처했는지 알아요?!"

"자, 잘못했……."

아쿠아와 메구밍도 내 편을 드는 가운데, 기세에서 밀린 메구미가 사과를 하려고 했으나—.

"잠까아아아아안! 그런 식으로 얼버무리지 마! 메구미, 너도 사과하지 마! 휘둘리지 말라고!"

"그, 그래! 맞아! 잘 생각해보니 사과할 이유가 없잖아! 다들었거든?! 너희 모두가 결함이 하나씩 있는 엉터리 파티라는 걸 말이야!"

오즈마의 말을 듣고 정신이 퍼뜩 든 메구미가 우리를 노려보았다.

젠장, 적반하장 느낌으로 몰아붙여서 쫓아낼 생각이었는데 역시 무리인 건가.

"하아, 너무하네. 어제 했던 이야기는 대부분 사실이야. 좀 과장하기는 했지만, 나는 성실하게 살아가고 있는 모험가인 사토 카즈마 님이라고. 남에게 폐를 끼치며 살고 있는 것도 아니고, 너희한테 불평을 들을 이유도 없어. 할 말 다해서 직성이 풀렸으면 빨리 돌아가라고."

내가 손을 내젓자 오즈마는 이를 갈며 말했다.

"이 멍청이가 무슨 소리를 하는 거야? 우리는 네 악평 탓에 피해를 많이 입어서 이 마을까지 온 거야!"

……그러고 보니 처음 만났을 때 그런 말을 듣기는 했었다.

그런 오즈마를 달래려는 듯 내 뒤편에 있던 다크니스가 입을 열었다.

"카즈마의 악평 탓에 대체 어떤 피해를 입은 거지? 내 이름은 다크니스다. 크루세이더를 생업으로 삼고 있으니, 신을 모시는 성직자이기도 하지. 그러니 이 싸움의 중재 또한 내 소임이다. 우선 어떻게 된 건지 이야기를 해다오."

다크니스는 그렇게 말하면서 오즈마 일행을 향해 상냥한 미소를 지었다.

"앗! 네가 라크리스의 짝퉁이구나!"

"짜, 짝퉁?!"

짝퉁이란 말을 들은 다크니스가 무심코 충격을 받은 가운데—.

"게다가 크루세이더를 생업으로 삼고 있다는 대사도 라크리스 씨와 똑같네요. 완전 확신범이에요……!"

"게다가 머리카락과 눈동자 색깔도 비슷해. 다크니스 같은 암흑기사 느낌의 이름을 지녔으면서 크루세이더라니, 진짜 어처구니가 없네……."

다크니스는 오즈마 일행의 그런 인정사정없는 중상모략을 듣고 그 자리에서 몸을 웅크리며 주저앉았다.

"다크니스, 정신 차려! 괜찮아! 나도 처음 만났을 때는 다크니스란 이름이 좀 어둠 속성 같다고 생각했지만, 익숙해진 뒤에는 멋지다고 느껴졌어! 게다가 진짜 이름은 엄청 귀여우니까 낙심할 필요 없어, 다크니스!"

"듣고 보니, 확실히 내 이름이 더 가짜 느낌이구나……. 암흑기사……. 다크니스……. 후후, 저기, 메구밍. 내 이름을 어떻게 생각하지? 네 기준으로 봤을 때 말이다."

"멋지다고 생각해요. ……왜 그래요? 왜 우는 거죠?! 왠지 납득이 안 되거든요?!"

맙소사, 겨우 이름 하나 때문에 우리 진영에 대참사가 발생했다.

바로 그때였다.

"하아……. 느닷없이 저희 앞에 나타나서, 이름이 비슷하다는 이유로 시비를 거는 건가요? 홍마족은 남이 걸어온 싸움을 기쁜 마음으로 받아주지만……. 제 마법은 너무 절대적인 위력을 지녀서, 손속에 사정을 두더라도 당신들이 살아남을 가능성은 눈곱만큼도 없죠. 그러니……."

붉은 눈동자가 찬란히 빛나고 있는 메구밍이 울먹거리고 있는 다크니스를 감싸려는 것처럼 앞으로 나서더니―

손속에 사정을 둔다는 말을 헛소리로 치부하며 코웃음을 치는 오즈마를 향해 그렇게 말했다.

그렇다. 평소 누구보다 난폭한 메구밍이 말이다.

"모험가라면 모험가답게, 이 마을에서 이름을 날려서 저희가 당신들의 짝퉁이라고 여기게 만들면 되지 않나요?"

이 중에서 가장 짝퉁 느낌이 물씬 나는 이름을 지닌 메구밍이—.

미심쩍은 표정을 짓고 있는 오즈마 일행에게 그런 제안을 했다.

오즈마 일행이 돌아간 후…….

나는 자신만만한 미소를 지으면서 메구밍에게 귓속말을 했다.

"잘했어, 메구밍. 역시 우리 파티의 지략 담당이야. 꽤 괜찮은 계책이었어."

메구밍은 내 말을 듣더니 마찬가지로 씨익 웃으며 입을 열었다.

"역시 카즈마예요. 저의 제안이 어떤 효과를 발휘할지 벌써 이해한 건가요. 그래요. 이곳은 저희의 홈인 액셀 마을이에요. 저런 외부인이 아무리 노력해봤자, 결국 받아들여지지 않겠죠. 저런 녀석들과, 이 마을에서 오랫동안 활약해온 저희들. 어느 쪽이 짝퉁 취급을 당할지는 안 봐도 뻔해요."

역시 지력이 뛰어난 홍마족이다.

이 녀석은 그저 단순한 폭렬마는 아닌 것 같았다.

머릿속까지 폭렬마법에 관한 것으로 가득 차 있나 했더니 때때로는 머리가 제대로 돌아갈 때도 있는 것 같았다.

"게다가 지금은 겨울이지. 이름을 알리고 싶어도, 이 시기에 활동하는 몬스터는 죄다 강하거든. 우리는 그냥 저택 안에서 데굴거리기만 하면 돼. 저 녀석들이 얼마나 실력이 좋은지는 모르지만, 한겨울의 몬스터들에게 그 실력이 얼마나 통할까……?"

나와 메구밍은 서로를 쳐다보고 음흉한 미소를 흘렸다.

"저기, 두 사람. 나, 왠지 짝퉁 쪽에 속해 있는 것 같은 느낌이 들거든?"

4

이리하여…….

우리가 저택에서 유유자적한 생활을 보내는 사이, 보름 정도가 흘렀다.

"예이~, 완성. 이걸 봐. 심심풀이 삼아 대장장이 스킬로 만든 은제 화살촉이야. 악마와 언데드 몬스터, 늑대인간 계열의 적에게 효과가 끝내줘. 이걸로『카즈마 씨의 부업 시리즈』의 레퍼토리가 하나 더 늘어났네."

나는 난로의 불길과 스킬을 능숙하게 이용해서 화살촉을 만들었다.

그런 나를 옆에서 쳐다보던 아쿠아가—

"손재주는 여전히 좋네. 하지만 그걸 어디에 쓸 거야? 악마나 언데드를 사냥하는 건 찬성이긴 한데, 위즈의 가게에라도 가볼래?"

"너, 이걸 대체 누구한테 써먹을 작정인 거야? 아직 하나뿐이니까, 소중히 아껴둘 거야."

내가 화살통 안에 그것을 넣어두자 소파 위에서 기지개를 켠 아쿠아가 이런 말을 했다.

"저기, 카즈마. 한가하니까 오랜만에 길드에 가보고 싶어."

"……그것도 괜찮겠네. 요즘 외출이라고는 메구밍의 일과에 동행하거나 시장을 보러가는 것뿐이었잖아. 때로는 다른 녀석들을 놀리러 가볼까?"

대낮부터 집에서 늘어져 지내던 나는 메구밍과 다크니스를 데리고 모험가 길드로 향했다.

그리고 우리가 길드의 문을 연 바로 그때였다.

"대단하세요, 자트 오즈마 씨! 일격곰을 수도 없이 해치웠다면서요?! 덕분에 인근 농가 사람들이 마음 푹 놓고 겨울을 보낼 거예요!"

"정말 잘했어, 오즈마! 내가 술 한 잔 사지!"

"메구미, 네 마법으로 일격곰을 해치웠다며?! 부탁인데, 다음에 우리의 레벨을 올리는 걸 도와주지 않겠어? 사례할게!"

"라크리스 씨, 저희가 위험에 처했을 때 구해주셔서 고마워요! 꼭 답례를 하고 싶어요!"

길드 안에서 들려온 환성에 나는 그대로 압도당했다.

잠깐만, 오즈마? 메구미? 라크리스?

"앗! 이 자식, 드디어 나타난 거냐!"

오랜만에 온 길드 안의 분위기가 예전과 너무 달라서 우리가 당황하고 있을 때, 모험가들에게 둘러싸여 있던 남자가 나를 가리키며 그렇게 외쳤다.

그 남자는 약간 험상궂기는 하지만 왠지 미워할 수 없는 인상의······.

"생각났어! 그래, 맞아! 우리는 승부를 하고 있었지!"

"이 자식! 너희가 제안해놓고 까맣게 잊었던 거냐아아아?!"

맞다. 우리가 짝퉁이라 불릴 정도의 활약을 하라고 부추겼다.

하지만 어떻게 된 건지, 우리의 홈그라운드인 길드 안은 저들에 대한 찬사로 가득 차 있었다.

"어이, 메구밍. 예상이 완전히 빗나갔어. 우리가 생각했던 것보다 더 활약하고 있는 것 같잖아. 자칫하면 우리가 짝퉁 취급을 당할 것 같다고."

"어, 어떻게 하죠? 이제라도 승부 방식을 바꾸자고 할까요? 보드 게임이라면 지지 않을 자신이 있는데······."

나와 메구밍이 쑥덕거리고 있을 때 오즈마가 우리에게 다가왔다.

"어이, 짝퉁. 어때? 이제 우리가 이 마을 최고의 모험가 파티인 거지?"

"잠깐만, 우리의 충전 기간에 빈집털이범처럼 평판을 채간 게 부끄럽지 않은 거야?"

"너희야말로 그런 소리를 하는 게 부끄럽지 않은 거야? 너희가 제안한 거잖아?!"

젠장, 가짜 메구밍도 꽤 머리가 좋은 편인지 이번에는 우리의 말에 말려들지 않았다.

"자, 패배를 인정하겠어? 지금은 우리가 이 마을의 얼굴이야. 요즘에는 카즈마의 카 자도 안 들린다고."

오즈마는 의기양양하게 웃으며 그렇게 말했고—.

"젠장, 이 매정한 놈들! 나한테 그렇게 얻어 먹어놓고 이러기냐?! 내 편 좀 들라고!"

"이 자식이 뭐라는 거야? 너, 요즘 길드에 얼굴도 비추지 않았잖아!"

"몇 번 얻어먹기는 했지만, 너희 파티의 아쿠아 씨에게 뜯긴 걸 생각하면 플러스마이너스 제로라고! 무슨 승부를 하는 건지 모르겠지만, 응원 받고 싶으면 한 잔 사기나 해!"

이 녀석들, 진짜 최악이네. 홈그라운드는 무슨, 전혀 도움이 안 되잖아!

내가 이를 갈고 있을 때 라크리스가 우리 앞에 섰다.

"이 정도 했으면 됐겠지. 소년, 우리가 이 마을에 온 목적은 너희에게 불평을 해주는 것 말고도 하나 더 있다. 이걸로 우리가 한 수 위라는 건 이해했을 거다. 그럼 우리의 요구를 받아들……"

라크리스가 우리를 향해 무슨 말을 한 바로 그때였다.

"누가 좀 도와줘! 프리스트 없어?! 아큐아 씨! 아큐아 씨는 어디 있는 거야?!"

한 여자 모험가가 피범벅이 된 남자를 부축하며 길드 안으로 들어왔다.

"아큐아 씨라면 여기 있거든?"

길드 입구에 있던 아큐아가 그 광경을 보고 입을 열었다.

"아큐아 씨……! 뭐야, 아큐아 씨잖아……."

"사과해! 나를 보자마자 실망한 걸 사과하란 말이야! 그 사람을 치료해줬으면 하는 거 아냐?! 회복 마법으로는 내가 이 세상에서 최고거든?!"

오즈마 일행은 허둥지둥 그 난입자들에게 다가가서 상태를 살폈다.

"이, 이건……."

한눈에 상처가 얼마나 깊은지 파악한 오즈마가 말을 잇지 못하고 고개를 저었다.

여자 모험가를 흔들어대고 있는 아쿠아를 밀쳐낸 아큐아가 허둥지둥 부상자를 안아들었다.

"……백랑(白狼)에게 당한 것 같군요. 유감이지만, 이렇게 상처가 깊어선……."

말을 끝까지 잇지 못한 아큐아는 안타까운 것처럼 눈을 감더니 하다못해 고통이라도 덜어줄 요량인지 회복 마법을—

"『세이크리드 하이니스 힐』!"

아큐아가 마법을 영창하기도 전에 부상자의 몸이 옅은 빛에 휩싸였다.

"""어?!"""

그와 동시에 상처가 점점 아물어가자 오즈마 일행은 경악했다.

"봤지?! 나도 부상자를 치료할 수 있거든?! 사과해! 나를 무시하며, 신입한테 치료를 부탁한 걸 사과하란 말이야!"

"고, 고마워, 아쿠아 씨! 알았어, 알았다니깐! 치료의 답례 삼아, 다음에 술을 사줄게!"

여자 모험가가 별일 아니라는 투로 그렇게 말했고 오즈마 일행은 눈을 치켜떴다.

"정말? 술뿐만 아니라 안주도 사줘. 카즈마 씨가 개구리 혀 바삭바삭 튀김을 먹었대. 어떤 맛인지 궁금하니까, 그걸 안주로 사줘."

"알았어. 하지만 과음하지는 마. 나, 돈이 얼마 없거든."

아쿠아가 가벼운 어조로 그렇게 대답하자 어찌된 건지 아큐아가 비틀거렸다.

그건 그렇고, 백랑인가.

겨울에만 활동하는 육식동물로 알려져 있지만 이 마을의 겁쟁이 모험가가 그런 위험한 몬스터에게 함부로 다가갈 리가 없는데…….

"어, 어이, 카즈마. 회복 마법의 답례가 겨우 술을 사는 거라니, 너희는 제정신이야? 게다가 하이니스라든가 세이크리드라는 말도 들렸던 것 같은데……."

오즈마가 나에게 귓속말을 한 바로 그때였다.

상처가 아물면서 정신을 차린 남자가 주위를 둘러본 후—.

"여기는……? 어, 상처가 나았어……. 아, 아큐아 씨? 아큐아 씨가 치료해준 거야?!"

자신을 안고 있는 아큐아를 본 그 남자는 얼굴을 붉히고 그렇게 외쳤다.

"아큐아 씨가 치료해준 줄 알았어? 유감이지만, 너를 고쳐준 사람은 바로 나, 아쿠아 씨야!"

"젠장, 모처럼 느낀 행복한 기분을 돌려줘!"

진실을 안 그 남자가 불평을 늘어놓자 아쿠아는 그대로 그의 목을 조르려고 달려들었다.

하지만 그 옆에서는 충격을 받은 아큐아가 뭔가 할 말이 있는 표정을 지었다.

"아, 이럴 때가 아니지! 어이, 아쿠아! 저 녀석의 목은 나중에 얼마든지 졸라도 되니까, 지금은 이야기부터 들어보자! 겁쟁이인 너희가 왜 백랑에게 공격을 받은 거야? 너희는 약해빠지기는 했어도, 백랑의 서식처에 다가갈 정도로 멍청하지는 않잖아?"

"거 되게 말이 심하네. 상처를 치유해준 것만 아니었으면 바로 달려들었을 거야. 아무튼, 어떻게 된 거냐면……. 백랑 무리가 평소와 다르게 마을 근처까지 몰려왔어."

주위의 모험가들은 그 남자가 한 말을 듣더니 서로를 쳐다보았다.

5

"이 세상에는 생태계라는 게 존재해."

액셀 마을 밖에 펼쳐져 있는 평원에 쌓인 눈이 눈부실 정도로 햇빛을 반사하고 있었다.

나와 오즈마는 아직 혼란스러운 길드를 나선 후 각자의 동료를 데리고 마을 밖으로 나왔다.

"백랑은 원래 겨울 동안 일격곰과 영역다툼을 하는 몬스터야. 1대 1로는 일격곰이 유리하지만, 무리를 지으면 밀리지 않거든. 1년 365일 활동 가능한 일격곰은 먹잇감이 적은 겨울에 백랑과 싸우면서, 지나치게 늘어난 개체수가 줄어들어. 그렇게 이 인근의 생태계 밸런스가 유지되는 거야."

내가 혼잣말처럼 그렇게 중얼거리자 옆에서 걷고 있던 오즈마가 고개를 푹 숙였다.

"그래서, 너희는 겨울 동안 저택에 틀어박혀 지낸 거냐…….하지만, 우리가……."

오즈마는 내가 대충 지어낸 일격곰과 백랑의 관계를 듣고 큰 충격을 받은 것 같았다.

어쩌지. 이제 와서 대충 지어낸 소리라고 말하는 건 무리려나.

"확실히 평소에는 이렇게 마을 근처까지 백랑이 내려오지 않아요. 아마 카즈마의 말이 맞겠죠. ……입에서 나오는 대로 대충 지껄여서 오즈마 씨에게 양심의 가책을 느끼게 하려는 것 같기도 하지만요……."

메구밍이 내 말에 찬동하면서도 작은 목소리로 괜한 소리를 덧붙였다.

"그건 그렇고……. 저기, 숫자가 너무 많아! 이 마을의 모험가를 최대한 모아서 인해전술을 펼치자! 아쿠아 씨가 회복 마법으로 보조해주면 사상자도 발생하지 않을 거야!"

우리로부터 한참 떨어진 곳에 모여 있는 백랑 무리가 경계심 어린 시선을 보내오고 있었다.

메구미는 그런 백랑 무리를 가리키며 그렇게 외쳤다.

하지만—.

"뭐, 저 정도 숫자면 어떻게든 되겠지. 메구밍, 안 그래?"

"식은 죽 먹기예요. 너무 간단해서 하품이 날 것만 같네요."

우리가 느긋한 목소리로 그런 대화를 나누자 오즈마 일행은 화들짝 놀랐다.

"자, 잠깐만 있어봐! 어떤 마법을 쓰려는 건지는 모르겠지만, 저렇게 숫자가 많아서야 몇 마리는 후위에 있는 마법사를 덮칠 거다. 그러니까 나와 오즈마가 시간을 벌 테니……."

라크리스가 그렇게 말하면서 등에 메고 있던 방패를 꺼내 들었다.

"아니, 귀하는 백랑의 공격은 몰라도 메구밍의 마법을 버텨내지 못할 거다. 만일의 경우를 생각하면, 내가 혼자 나서는 편이 낫겠지."

다크니스가 라크리스의 말을 끊고 홀로 앞으로 나섰다.

"어이, 카즈마. 괜찮은 거야? 네 동료가 저런 소리를 하는데……."

오즈마는 다크니스가 걱정되는지 나에게 귓속말로 물었다.

그러나—.

"우리 크루세이더는 튼튼하거든. 마왕군 간부의 공격뿐만 아니라, 폭렬마법도 버텨냈다고. 저 녀석이 버텨내지 못한다면, 이 세상 그 누구도 버티지 못할걸?"

나는 오즈마를 안심시키기 위해 그렇게 대꾸했다. 내 말을 들은 오즈마는 마른침을 삼키고, 어째선지 아까보다 더 긴장한 표정을 지었다.

"뭐, 만일의 경우에는 내가 리저렉션으로 소생시키면 되니까 안심해."

"""리저렉……?!"""

아쿠아가 가벼운 말투로 그렇게 말하자 오즈마 일행은 또 경악을 금치 못했다.

나는 오즈마 일행이 기대에 찬 눈길로 쳐다보고 있다는 것을 눈치챘다.

"……어, 왜, 왜 그래?"

왜 뚫어져라 쳐다보는 걸까.

혹시 나도 뭔가 엄청난 일을 할 거라고 생각하는 건가?

죄송한데, 제가 할 수 있는 거라고는 스틸뿐이에요. 화끈한 기술 같은 건 쓰지 못한다고요.

게다가 백랑은 웬만한 몬스터보다 강하니 약점이라도 노리지 않는 한…….

"카즈마, 다른 늑대보다 몸집이 큰 녀석이 있구나. 저게 무리의 보스인 것 같지 않느냐?"

다크니스의 말을 듣고 퍼뜩 정신이 든 나는 천리안 스킬로 무리를 확인했다.

"그래. 다른 녀석보다 몸집이 큰걸. 암컷으로 보이는 백랑을 몇 마리나 거느리고 있네. 분명 저 녀석이 두목이야."

나와 다크니스의 대화를 들은 오즈마가 중얼거렸다.

"……그래. 천리안 스킬인가."

나는 그 말을 들으면서 저 두목을 해치울 방법을 생각했다.

문득 어느 물건이 생각난 나는 화살통 안에서 화살 하나를 꺼냈다.

성직자인 아쿠아가 그 화살이 뭔지 눈치채고 중얼거렸다.

"은제 화살……."

오즈마는 그 말을 듣고 분한 것처럼 인상을 찡그렸다.

"……우리가 우쭐대며 이런 사태를 벌일 거라는 것도 처음부터 예측하고 있었던 건가……."

그리고 그런 영문 모를 착각에 빠지기 시작했다.

"……이 녀석을 쓸 일이 없기를 바랐는데 말이야."

우쭐해진 내가 그 화살을 활에 걸자 오즈마 일행은 존경심이 어린 눈길로 나를 쳐다보았다.

"저기, 카즈마 씨. 그 화살, 심심풀이 삼아 만들었다고 말하지 않았어?"

"아쿠아, 이 일이 끝나면 집에 돌아가는 길에 불고기 재료를 사서 돌아가자. 그러니 지금은 입 좀 다물고 있어."

나는 귓속말을 하는 아쿠아를 입 다물게 한 후 활을 잡아당겼다.

그것을 적대 행동이라고 판단한 건지 백랑 무리가 일제히 우리에게 달려들었다.

"메구밍, 마법의 영창을 시작해! 내가 두목을 저격했는데도 저 녀석들이 물러나지 않는다면, 마법으로 쓸어버려! 다크니스는 디코이로 저 녀석들을 한곳으로 유인해!"

"좋아요! 요즘 들어 몬스터 상대로 쓰지 못해서 쌓인 울분을 이참에 풀겠어요! 내 궁극의 오의, 폭렬마법을 똑똑히 봐라!"

"내 뒤로는 한 마리도 보내지 않을 테니 안심해라! 그러니나는 개의치 말고 마법을 쏘는 거다!"

메구밍이 내 지시에 따라 마법을 영창하기 시작했다.

"마, 마, 말도 안 돼. 폭렬마법……."

이마에 진땀이 맺힌 메구미가 믿기지 않는 광경을 본 듯한 표정을 짓고 뒷걸음질을 쳤다.

"그러고 보니 우리가 쳐들어갔을 때, 저 마법사 아가씨는 이렇게 말했지. 「손속에 사정을 두더라도 당신들이 살아남을 가능성은 눈곱만큼도 없죠」라고 말이야. 그 말은 사실이었구나……."

오즈마가 허탈한 표정으로 그렇게 중얼거리는 가운데―.

"카즈마, 지원 마법을 왕창 걸었어! 자, 해치워버려!"

"내 행운은 이 세상에서도 손꼽히는 수준이라고! 저 녀석은 나한테 맡겨!"

아쿠아가 지원 마법을 걸어줘서 나는 저격을 사용하여 화살을 쐈다.

그 화살은 정확하게 백랑 두목의 미간을 꿰뚫어 일격에 상대를 해치웠다.

평범한 화살이었다면 명중하더라도 이 정도 위력을 발휘하지는 못할 것이다. 여러모로 써먹을 구석이 있을 것 같으니 앞으로도 대장장이 스킬을 유효 활용해야겠다.

이것도 내 뛰어난 행운 덕분일까.

"저 자식들, 두목이 당했는데도 흩어지지 않아! 게다가 이쪽으로……, 아니, 크루세이더 아가씨에게 향하고 있어!"

내가 감동에 젖어 있을 때 오즈마가 절박한 목소리로 그렇게 외쳤다.

그 순간, 메구밍이 나에게 힐끔 시선을 보냈다.

나는 메구밍이 폭렬마법을 쓰는 광경을 항상 곁에서 지켜봤다.

그렇기에 그녀가 영창을 이미 마쳤다는 것을 알고 있었다.

"메구밍, 쏴."

내가 당황하지 않고 차분한 목소리로 지시를 내리자 메구밍은 힘차게 기합을 내지르며 마법을 날렸다.

"『익스플로전』─!!!!!"

설원의 눈을 순식간에 증발시키면서 폭렬마법의 충격파가

이 일대에 휘몰아쳤다.

6

"몰라 뵈어서 죄송합니다!"

오즈마 일행은 백랑 무리를 해치운 우리를 향해 고개를 숙였다.

"아, 아니, 뭐, 알았으면 됐어. 하지만 앞으로는 우리를 너무 얕잡아보지 말라고."

오즈마 일행의 태도가 갑작스럽게 바뀌어서 당황했지만 나는 그래도 약간 으스댔다.

"정말! 덕분에 액셀 마을의 회복술사라는 내 별명을 빼앗길 뻔 했잖아! 사과해! 이건 길드 측에서 나한테 붙여준 별명이거든? 내 일거리를 빼앗아가지 말란 말이야!"

나와 마찬가지로 기고만장해진 아쿠아가 바로 항의를 시작했으나, 그 별명은 이 녀석을 적당히 치켜세워줘서 회복 마법을 쓰게 하려고 붙여준 거라 들었는데…….

다크니스는 그런 우리를 말리면서 상황을 중재하려는 듯 미소 지었다.

"하지만 귀하들은 이 마을을 위해 일격곰을 토벌한 것이지 않으냐. 그 사실은 자랑스러워해도 될 거다. 앞으로는……."

"뭐, 저희한테 이 정도는 식은 죽 먹기지만요! 마왕군 간부에 비하면, 진짜 아무것도 아니었어요!"

하지만 그런 다크니스의 노력을 지면에 뻗어있는 메구밍이 엉망으로 만들었다.

바로 그때였다.

"큭……! 푸하, 하하하하하!"

우리의 말을 듣고 있던 오즈마가 갑자기 배를 움켜잡고 웃음을 터뜨렸다.

"진짜 대단한 녀석들이야. 카즈마 씨에 관한 나쁜 소문은 너의 활약을 시기한 자들의 중상모략이겠지. 그런 걸 덜컥 믿고 한마디 해주러 찾아온 나 자신이 부끄러워. 정말 미안해."

"으, 응. 괜찮아."

그런 오즈마의 솔직한 태도를 보며 어찌어찌 허세를 부리면서도―.

"진짜 미안해. 우리는 이래 봬도 꽤 이름이 알려져 있는 파티야. 처음에 너희의 소문을 들었을 때는 우리 파티 행세를 하며 이득을 보려고 하는 가짜일 거라고 생각했어. 그런데 너희에 관한 소문이 그 후로도 계속 들려왔고……."

"그래. 그리고 우리가 그냥 흘려 넘길 수 없는 이야기도 듣고 말았지."

메구미와 라크리스의 말이 신경 쓰인 나는 질문을 던졌다.

"흘려 넘길 수 없는 이야기?"

오즈마는 그 말에 답하듯 고개를 끄덕였다.

"마왕군 간부, 한스. 그 녀석한테 우리 동료 중 한 명이 당했어. 나는 한스에게 복수를 하기 위해, 계속 여행을 하며 실력을 갈고닦았지."

그런 이야기 속 주인공 같은 과거를 털어놨다.

아, 그렇게 된 거구나.

처음에 오즈마를 만났을 때, 그는 이렇게 말했다.

『그래서 한 마디 해줄까 해. ……뭐, 그것 말고도 다른 볼일이 있긴 하지만…….』

바로 그 다른 볼일이란, 아마도…….

"카즈마 씨. 동료의 원수를 갚아줘서 고마워. 진심으로 감사해. 이 말을 꼭 해주고 싶었어."

오즈마는 그렇게 말하며 고개를 깊이 숙였다.

……큰일 났다. 어떻게 하지.

여행의 목적도 그렇고 아까까지 우리한테서 풍기던 조무래기 느낌도 그렇고, 이 녀석들이야말로 이야기 속의 주인공 같다는 느낌이 들었다.

"……당신들도, 그와 같은 목적으로 여행을 하고 있는 건가?"

잠시 동안 기도하는 포즈를 취한 후 다크니스는 상냥한 어조로 물었다.

그래. 우리 파티의 마지막 양심은 바로 너야.

힘내, 다크니스. 네 이름이 암흑기사 같다고 생각했던 걸 사과할게!

"아뇨. 저는……. 마왕군에게 멸망당한 어느 영지를 지키던 기사 중 한 명입니다. 가문을 다시 일으켜 세우고, 동료들과 영민들의 원수를 갚는 것이 저의 목적이죠."

"그, 그랬습니까……."

다크니스는 라크리스의 과거를 듣더니 무심코 존댓말을 썼다.

큰일 났다. 저쪽은 짊어지고 있는 과거조차도 히로인 느낌이 물씬 났다.

흐름상 자기 차례라고 생각한 듯한 메구미가 난처한 표정을 짓고 입을 열었다.

"특이한 이름을 지녔던 우리 할아버지가 실은 엄청난 마법사였거든? 그런 할아버지의 유지를 이어서……."

"좋아, 그 정도면 됐어!"

엄청난 힘을 지닌 마법사의 자손, 같은 설정은 듣고 싶지 않다고!

"너한테 여러모로 폐를 끼쳤어. 정말 미안해."

오즈마 일행은 이대로 길드에 돌아가지 않고 여행을 떠나겠다고 말했다.

우리는 왠지 패배자가 된 심정을 맛보면서 억지로 미소를 짓고 그들을 배웅했다.

"뭐, 괜찮아. 유명인이 치러야 하는 유명세 같은 거겠지. 여행을 다니다 그런 이야기를 들으면 그렇지 않다고 정정해줘."

오즈마 일행은 내 말을 듣더니 진지한 표정으로 고개를 끄덕였다.

저기, 그렇게 심각하게 받아들이지 않아도 되는데…….

"은인인 네가 악평을 듣는 걸 두고 볼 수는 없지. 앞으로 악평을 퍼뜨리는 녀석이 있으면 따끔한 맛을 보여주겠어. 내가 들었던 이야기는 심각한 수준이었거든."

오즈마의 그 말을 듣고―.

"예를 들자면 어떤 건데?"

그렇게 물어본 것은 나의 명백한 바보짓이었다.

오즈마는 잠시 생각에 잠긴 후 대답했다.

"……으음, 내가 들었던 것은 동료를 밧줄로 묶은 후에 마차로 질질 끌고 다녔다는 이야기야. 네가 그런 짓을 할 리가 없는데 말이야."

그만해.

"나는 아직 어린 여자 동료의 팬티를 벗겼다는 이야기를 들었어. 곰곰이 생각해보니 말도 안 되네. 동료, 그것도 어린 여자애한테 그런 짓을 할 리가 없잖아……."

제발 그만해.

"그리고, 동료들에 관한 악평도 엄청났지. 마을 인근의 자연을 마법으로 반쯤 재미 삼아 파괴한다는 것도 있고…… 아, 가장 심했던 건 아르칸레티아의 온천을 못 쓰게 만들었다는 이야기였다. 참, 그러고 보니 나는 「라크리스 씨, 혹시 마조히스트예요? 막 매도해도 되나요?」 같은 영문 모를 헌팅을 당한 적도 있구나. 물론 그 말을 듣자마자 두들겨 패주기는 했는데, 그게 대체 무슨 소리인지 여전히 모르겠군……."

제발 그만하세요.

"아, 그래도 저희는 여러분이 그런 짓을 할 리 없다고 믿는답니다!"

아큐아가 구김 없는 미소를 지으며 그렇게 말한 그때였다.

─우리 네 사람은 그 자리에서 바로 무릎을 꿇고 싹싹 빌었다.

액셀의 문제아들

아쿠아와 함께 늦은 아침을 먹고 식후의 차를 즐기고 있을 때의 일이다.

『모험가 여러분에게의 업무 연락입니다. 모험가 길드에 모여 주십시오. 다시 한 번 말씀드립니다. 모험가 여러분은 모험가 길드에 모여 주십시오.』

　그것은 저택 안에서도 들리는 모험가 길드 측의 안내 방송이었다.

　이렇게 모험가들을 소집하는 것은 성가신 일이 벌어졌을 때뿐이다.

　나는 차를 홀짝이고 있는 아쿠아와 무심코 얼굴을 마주봤다.

　"……갈 거야?"

　"……밥 먹은 직후니까 이대로 느긋하게 있고 싶네."

　응. 나도 같은 심정이야.

　"그냥 못 들은 걸로 할까. 우리 말고도 모험가는 있을 테니까."

　"그렇게 하자. 이 마을에는 우리 말고도 우수한 모험가가 있잖아. 게다가 우리가 매번 공적을 차지하는 것도 좀 그렇기는 해."

아쿠아의 말도 옳았다.

우리는 거물 현상범을 여럿 해치우며 이름을 알렸으니 시기의 대상이 되더라도 이상할 것이 없다.

우리에게도 휴식이 필요하기 때문에 이번에는 다른 모험가들에게 공적을 양보하도록 할까.

나는 차를 다 마신 후 소파에 드러누웠ㅡ.

『다시 한 번 말씀드립니다. 모험가 여러분은 모험가 길드에 모여 주십시오. ……특히, 사토 카즈마 씨의 파티는 꼭 와주십시오. 다시 한 번 말씀…….』

……나는 아쿠아와 또 시선을 마주하고 질렸다는 듯 어깨를 으쓱했다.

ㅡ모험가 길드의 문을 여니 직원과 모험가들의 시선이 우리에게 쏠렸다.

"……어이, 우리가 오기만 목을 빼고 기다린 거야? 하아, 어쩔 수 없네. 대체 이번에는 어떤 성가신 일이 벌어진 거야?"

나한테서 거물 느낌이 물씬 풍긴 건지 모험가들은 옆으로 물러서며 길을 비켜줬다.

감사히 모험가들의 선두에 서자 그곳에는 메구밍과 다크니스가 이미 와 있었다.

"어머, 두 사람 다 먼저 와 있었구나. 우리 넷이 이렇게 모였으니 두려울 게 없네. 언니도 표정 풀고 마음 푹 놔."

우리가 그런 말을 하자 길드 접수처 누님이 앞으로 나섰다.

"기다리고 있었어요, 사토 씨. 확실히 이것도 성가신 일이라고 할 수 있겠네요. 그럼 이제부터 차근차근 상황을 설명해드리죠."

그 누님은 그렇게 말하면서도 불안이 어린 표정을 감추지 않았다.

우리가 왔는데도 저런 표정을 짓는 것을 보면 상대는 그 정도로 엄청난 거물인 건가?

"저희를 부른 이유라면 알고 있어요. 상대는 마왕군 간부인가요? 아니면 폭렬마법을 동원해야 하는 거대 몬스터인가요?"

메구밍은 으스대는 표정으로 그렇게 말했고 다크니스는 약간 여유가 느껴지는 태도로 그런 메구밍을 달랬다.

"후훗, 메구밍. 진정해라. 우리도 이렇게 지명이 될 정도로 실력을 인정받았다고는 해도, 우선 상대가 무엇인지 들어보도록 하자. ······카즈마, 그렇지 않느냐?"

다크니스가 차분한 어조로 그렇게 말하자 나는 고개를 끄덕이며 동의했다.

"그래. 지금까지 수많은 거물을 해치운 우리에게 걸맞은 상대인지······."

"상대는 모험가 길드의 상층부예요."

길드 직원 누님이 내 말을 끊고 그렇게 말했다.

"······모험가 길드의 상층부라면 왕도의 높으신 분이잖아?

즉, 우리는 그 정도로 인정받고 있다는 거야?"

뜻밖의 대답을 정신이 퍼뜩 든 나는 길드 직원 누님에게 물었다.

"무슨 목적인지는 모르겠지만, 모험가 길드의 높으신 분이 내일 액셀 마을의 모험가를 시찰하러 오기로 했어요. 길드의 높으신 분은 모험가에 걸맞지 않다고 판단된 모험가의 자격을 박탈할 수 있죠. ……그러니 소행이 나쁘거나, 문제를 일으킬 만한 모험가 분에게는 미리 주의를 드리려고……."

그 누님은 그렇게 말하고 슬며시 고개를 저었다.

"어이, 헛소리 하지 마! 즉, 우리한테 꼭 오라고 한 건 소행이 나쁘고 문제를 일으키는 모험가이기 때문인 거냐?! ……예, 맞는 말이에요. 정말 죄송합니다."

"카즈마, 왜 사과하는 거야?! 이래선 우리가 문제아 모험가라는 걸 인정…… 저도 동의해요. 정말 죄송합니다."

무언의 압박을 가하는 누님에게 나와 아쿠아가 굴복하자 메구밍이 쓴웃음을 짓고 입을 열었다.

"이제부터라도 두 사람은 생활태도를 개선하는 게 어때요? 우선 아침에 제대로 일어나는 것부터 시작해 봐요."

"그래. 카즈마도 밤에 어슬렁어슬렁 외출해서 외박하는 버릇을 고치도록 해라."

메구밍과 다크니스가 우리를 타이르듯 말해서 나는 무심코 저 두 사람이 제정신이 맞는지 의심했다.

"너희가 자기들은 상관없다는 표정을 지으니 굉장히 당황스럽거든?! 사토 카즈마 씨의 파티를 불렀으니까, 너희도 당연히 문제아에 포함된다고!"

"자, 잠깐만요! 항상 냉정 침착한 마법사인 저는 이 파티에서 제일가는 상식인이라고 자부하거든요?!"

"나나, 나는 귀족의 여식으로 자라서, 세간의 상식에 어두울 뿐이다만······!"

폭렬마와 마조히스트가 영문 모를 소리를 늘어놓는 가운데, 나는 길드 직원 누님에게 전부 이해했다는 듯이 고개를 끄덕이며 말했다.

"그럼 저는 이 세 사람과 함께 저택에 틀어박혀 있으면 되겠네요? 자, 은둔형 외톨이 짓하면서 먹을 식재료를 사러 가자. 오락용품은 특히 중요하겠네. 만에 하나라도 그 높으신 양반과 마주치지 않도록, 한 달은 집에서 나오지 말자고."

"저기, 카즈마. 나는 그렇게 오래 집에 틀어박혀 있는 건 싫거든?"

"그리고 집에 틀어박혀 있을 거면, 제 일과는 어떻게 할 거죠? 그냥 그 높으신 분이 돌아갈 때까지 여행을 떠나는 건 어때요?"

우리의 말을 들은 길드 직원 누님이 입을 열었다.

"여러분의 명성『만』은 널리 알려져 있으니까요. 카즈마 씨 파티가 얼굴을 비추지 않았다간, 다음에 또 시찰을 올지도 몰라요. 그러니 도망칠 생각은 버리세요. ……딱히 어려운 일은 아니에요. 그냥 제대로 해주기만 하면 되니까요. 모험가로서 평범하게 활동해주기만 하면 돼요!"

……제가 이런 말을 하는 것도 좀 그렇지만 평범한 모험을 하는 게 그 무엇보다 어려울 거라고 생각하는데요.

―다음 날.

모험가 길드에 가보니, 높으신 분이 시찰을 온다는 것을 안 이 마을 모험가들이 잘못된 방향으로 의욕을 발휘하고 있었다.

"저기, 카즈마. 이것 좀 봐. 아쿠시즈 교단 아크 프리스트의 신관복이야. 어때? 신성한 느낌이 평소보다 더 늘었지 않아?"

"왠지 멍청해 보이네."

이상하게 뾰쪽한 모자와 투박한 로브를 걸친 아쿠아를 향해 나는 그렇게 말했다.

아쿠아만 묘한 복장을 한 것은 아니었다.

메구밍은 언뜻 보기에는 평소와 다름없어 보이지만 대체 무슨 속셈인지 평소보다 한쪽 다리에 붕대를 두껍게 감은 탓에 걷기 힘들어 보였다.

그리고―.

"또 이상한 복장을 했네. 높으신 양반이 온다니까, 너도 귀족 오라로 대항할 생각인 거야?"

내 눈앞에 있는 다크니스는 벼락부자 느낌 물씬 나는 휘황찬란한 갑옷을 걸치고 있었다.

검은색 천에 금테 자수가 된 망토를 걸쳤고 유서 깊어 보이는 대검을 지닌 그 모습은 평소의 얼간이 느낌과 거리가 멀었다.

"……집에 돌아가서 차분하게 생각해봤다. 길드 직원이 문제를 일으키는 모험가로부터 자격을 박탈하는 게 가능하단 이야기를 일부러 한 이유를 말이지. 이런 말을 하는 건 좀 그렇지만, 우리 파티에는……. 소행에 문제가 있고, 문제를 일으키는 자가 많은 것 같구나."

"많은 게 아니라, 전원이 그 모양 그 꼴인 거라고."

다크니스는 내 태클을 듣고 충격을 받은 것처럼 숨을 삼켰지만 곧 표정을 굳혔다.

"나는 너희에게 신세를 많이 졌다. 방어가 전문이라 평소에는 눈에 띄는 활약을 못하지만……. 너희를 지키는 게 내 일이지. 그러니, 권력을 통한 압박도 불사할 생각이다!"

"멋들어진 소리를 늘어놓고 있는데, 그러는 너도 문제아 중 한 명이라고. 높으신 양반이 보는 앞에서 몬스터 무리에 돌격하지 마."

길드 직원 누님이 말했던 제대로 해달라는 말은 옷차림을 신경 쓰라는 것이 아니라 몬스터 퇴치에 열의를 보여라, 괜한 짓을 하지 마라, 폭력하지 마라, 적들에게 무턱대고 돌격하지 마라, 같은 의미일 것이다.

"저기, 카즈마. 아마 저기 있는 저 사람이 그 높으신 분일 거야. 길드 직원 언니가 평소보다 가슴을 과시하고 있네."

아쿠아의 말을 듣고 고개를 돌려보니 접수처 누님이 카운터 너머에서 정장 차림의 남성과 이야기를 나누고 있었다.

"저 누님은 언제 어느 때나 가슴을 과시하는 액셀 모험가들의 힐링 포인트야. ……뭐, 이야기를 나누고 있는 사람의 복장을 보아하니 그런 것 같네."

정장 차림에 안경을 쓴 그 남자는 액셀에서 꽤 오랫동안 생활한 나도 본 적이 없는 인물이었다.

역시 문제아를 시찰하러 온 것인지 그는 안경 너머로 날카로운 눈빛을 뿜고 있었다.

그 광경을 본 모험가 두 사람이 나에게 다가오더니 낮은 목소리로 말했다.

"어이, 카즈마. 저 직원이 우리를 엄청 쳐다보고 있어. 나쁜 짓을 한 것도 아닌데 되게 찝찝하다고. 어떻게 하면 저 인간의 마음에 들 수 있을까?"

"부탁이야, 카즈마. 너의 그 약아빠진 두뇌로 좋은 아이디어 좀 내봐."

"하아, 항상 이럴 때만 나한테 도와달라고…… 방금, 약아빠진 두뇌라고 했지?"

나는 태클을 날렸지만 곧 안경을 쓴 남자를 관찰하기 시작했다.

"자기가 신경질적이라고 주장하는 저 안경을 봐. 역시 저 인간은 문제아를 적발하기 위해 파견된 게 분명해. 그러니 일을 안 하고 농땡이를 부리는 건 안 돼. 그렇다고 좋은 모습을 보일 작정으로 고난도 퀘스트를 맡는 것도 별로야. 즉, 저 인간에게 지적을 당하지 않도록 실수만 피하면 되는 거야. ……그렇다면, 우리가 할 일은 정해져 있는 거나 다름없지 않을까?"

내가 하고 싶은 말을 이해한 건지 두 모험가는 고개를 끄덕였다.

무난하고 익숙하며, 또한 항상 게시판에 의뢰서가 붙어 있는 퀘스트.

""개구리 사냥이구나.""

"그래. 오늘은 다 같이 개구리 사냥을 하자고. 그러면 괜히 트집잡힐 일은 없을 거야."

하지만 이곳, 액셀에서는 개구리 사냥도 어엿한 퀘스트다.

안경을 쓴 직원의 채점 시스템이 어떤지는 모르지만 모험가 전원이 같은 퀘스트를 맡는다면, 남과 비교해 실력이 없다고 평가된 이의 모험가 자격을 박탈하는 일도 없을 것이다.

게다가 개구리 사냥터가 혼잡하면 우리가 사고를 치더라도 눈에 띄지 않을 것이다.

"다 같이 걸음을 맞춰서 사이좋게 골인하자는 거야. 그러면 실수를 하지 않는 한, 지적을 당하는 일도 없을 거라고. ……어때?"

하지만 그 두 사람은 내 말을 듣고 불안한 표정을 지었다.

"우리는 그걸로 괜찮지만……."

"개구리는 너희 파티의 천적일 텐데……."

"어이, 우리가 수많은 거물을 해치운 걸 잊었어? 개구리 따위가 우리의 천적일 리 없잖아."

곧 그 두 사람이 다른 모험가들에게 이 이야기를 돌린 건지, 오늘은 길드 안에 있는 모험가 전원이 개구리 토벌을 하게 됐다.

"—우리의 천적이 저기 있네. 잘 들어, 카즈마. 오늘은 높으신 분이 보고 있으니 절대로 실수를 하면 안 돼!"

마을 인근의 평원에서 다수의 개구리와 대치한 아쿠아가 그렇게 말했다.

"대체 너는 왜 플래그 세우는 걸 이렇게 좋아하는 거야? 이미 결말은 정해진 거나 마찬가지잖아."

게다가 최약체 몬스터인 개구리를 천적으로 인정하면 어쩌냐고…….

"어차피 내가 먹혀서 엉엉 우는 결말일 거란 말이지? 하지만 나는 바보가 아냐. 더는 개구리 따위에게 얕보일 수야 없지. 그래서 오늘은 천적을 데리고 왔어!"

……개구리의 천적?

"설마 네가 들고 있는 그 바구니 안에 든 뱀 말이야? 그렇게 조그마한 뱀으로 저 커다란 개구리를 어떻게 하려는 건데?"

뱀이 든 바구니를 들고 개구리 앞에 당당히 나선 아쿠아가 나를 무시하듯 코웃음을 쳤다.

"카즈마는 바보라니깐. 이렇게 작은 뱀이 개구리한테 이길 수 있을 리 없잖아. 하지만 생물에게는 본능적으로 두려움을 느끼는 상대가 있어. 예를 들자면 언데드가 아름다운 여신과 마주치면 어떻게 될까? 즉, 이 뱀을 본 개구리도 겁을 집어먹고 꼼짝도 못할 거야!"

─아쿠아가 바구니를 안아든 채 개구리에게 삼켜지는 광경을 본 후 나는 다시 주위의 상황을 관찰했다.

오늘은 감시를 하는 이도 있는 만큼, 가능하면 눈에 띄는 행동은 피하고 싶었다.

그래서 메구밍이 폭렬마법만 쓸 줄 안다는 걸 들키지 않도록, 폭렬마법 금지령을 내렸는데……

"기, 기다려라! 여기에 맛있어 보이는 크루세이더가 있지 않느냐! 그쪽으로 가지 마라! ……큭, 이 녀석, 개구리 주제에 재빨라서 공격이 닿지 않는구나……!"

"다크니스, 빨리 어떻게 좀 해보세요! 제가 그렇게 매력적인가요?! 마력이 넘치는 제가 경험치로 가득 차 있는 것 같아서 맛있어 보이기라도 하나요?!"

다크니스가 개구리를 쫓아다니고 그 개구리가 메구밍을 쫓아다니는 상황 속에서, 다른 모험가 파티는 별문제 없이 개구리를 퇴치했다.

원래 장비만 제대로 갖춘다면 실패할 일이 적은 퀘스트가 바로 개구리 토벌이다.

이대로 가면 우리 파티 이외에는 모험가 자격을 박탈당할 염려가 없을 것이다.

……그것보다, 아까부터 저 안경 쓴 직원이 우리 파티를 주시하고 있는데 말이죠.

"흐, 흑……. 빌려온 신관복이, 개구리의 점액 범벅이 됐어……. 변상하라고 하면 어쩌지……."

내가 구출한 아쿠아가 여전히 뱀이 든 바구니를 꼭 안고 있었다. 우리도 슬슬 적당히 활약하지 않았다간 진짜로 위험하다.

……바로 그때였다.

"이런 촌극은 그만하시죠. 제 눈은 속일 수 없습니다."

지금까지 아무 말 없이 개구리 사냥을 지켜보고 있던 안경 직원이 낮지만 멀리서도 들리는 목소리로 그렇게 말하자, 주위의 모험가들이 움직임을 멈췄다.

"저는 길드 상층부의 인간입니다. 지금 상황이 평소와 다르다는 건 알고 있어요."

젠장, 우리 파티의 악명이 거기까지 전해진 건가……!

나는 아직 개구리를 쫓고 있는 다크니스에게 이쪽으로 오라고 손짓을 했다.

그러자 다크니스는 상황을 파악한 건지 서둘러 내 곁으로 왔다.

"액셀 마을의 보고서에 따르면, 평소 당신들은 더 고레벨의 몬스터를 사냥했다더군요. 그런데 왜 지금은 최약체 몬스터인 개구리를 사냥하고 있는 거죠?"

……어?

"자, 당신들의 진정한 힘을 보여주시죠! 여러분이라면 더 강력한 적도 사냥할 수 있을 겁니다! 그리고, 현재 전력이 부족한 왕도 길드로 여러분을 스카우트하고 싶습니다!"

안경을 쓴 사람은 쿨한 외모와 달리, 열기가 어린 목소리로 그렇게 외쳤다.

"카, 카즈마. 어떻게 된 거지? 내가 나설 차례가 된 것이 아니었느냐?"

나에게 다가온 다크니스가 더스티네스 가문의 펜던트를 손에 쥔 채 안경을 쓴 남자의 말을 듣고 당혹스러워했고…….

"아니, 나도 뭐가 어떻게 된 건지 모르겠는데……."

이게 어떻게 된 것일까. 문제아를 적발하러 온 게 아닌 건가?

……이 상황을 지켜보고 있던 모험가들이 평원 이곳저곳에서 술렁거렸다.

"왕도에서 스카우트를 하러 온 거란 말이야? 조, 좋아! 우리의 힘을 보여주겠어!"

"스카우트가 된다면, 숙소를 구할 필요가 없는 거잖아?! 이건 기회야! 개구리나 잡을 때가 아니네!"

눈빛이 달라진 모험가들이 그런 소리를 늘어놓았다.

……아니다.

유심히 보니 눈빛이 달라진 건 여성만으로 구성된 파티였다.

그리고 우리 파티 멤버들도 같은 반응을 보였다.

"기회야, 카즈마! 왕도로 스카우트된다면, 엘리트인 거잖아! 길드에서 어슬렁거리기만 해도 떠받들어지는 엘리트 모험가가 될 기회야!"

"확실히 정예들이 모인 왕도로 스카우트 된다면 우리를 보는 남들의 눈빛이 달라지겠지……."

나는 아쿠아와 다크니스의 말을 듣고 마음이 조금 동했다.

하지만—.

"미안하지만 흥미 없어. 나는 이 마을에 남을래."

내가 그렇게 말하자 안경을 쓴 직원은 믿기지 않는다는 듯 눈을 치켜떴다.

"어, 어째서입니까? 원래라면, 일정 레벨이 된 모험가는 이 마을을 떠나서 더욱 강한 몬스터와 싸우러 갈 겁니다. 제가 이곳에 온 것도, 최근 들어 액셀 마을에서 배출되는 모험가의 숫자가 줄었기 때문이죠. 세계적으로 모험가들의 숫자가 부족한 상황이에요. 왜 더 높은 지위를 추구하지 않는 겁니까? 모험가라면 일확천금, 그리고 명성을 얻는 것이 꿈일 텐데요!"

안경을 쓴 남자가 열기가 어린 목소리로 그렇게 말했지만 나는 조용히 고개를 저었다.

"나는 그런 명성은 필요 없어. 이곳에는 내 저택도 있고, 신세를 진 사람들도 있거든. ……그래. 나는 액셀 마을이 좋아."

그렇다. 나에게 있어 원점이자 홈인, 풋내기 모험가의 마을 액셀.

설령 레벨이 오르더라도 나는 이곳을 떠날 생각이 없다.

"말 잘했어, 카즈마! 바로 그거야! 역시 이 마을이 최고지!"

"나도 쭉 이 마을에서 지낼래! 이 마을 주민들은 나에게 가족이나 마찬가지라고!"

내 진심어린 말에 감명을 받은 건지 다른 모험가들이 입을 모아 동의했다.

그리고 안경을 쓴 남자는 이 뜻밖의 반응에 놀란 건지 얼이 나간 채 멍하니 서 있었다.

"저기, 카즈마. 왜 그런 억지를 부리는 거야? 기왕 놀면서 지낼 거면 왕도로 가는 편이 낫잖아! 지금이라도 강한 몬스터를 해치우러 가자!"

"너는 이 마을을 좋아하지 않는 거야? 인간은 자기 주제에 맞는 생활이 최고야. 나는 이 마을을 떠날 생각이 눈곱

만큼도 없어."

—왜냐하면 서큐버스 가게는 이 마을에만 있기 때문이다.

다른 모험가들도 같은 이유로 내 말에 동의했을 것이다.

저 녀석들은 낯이 익거든. 즉, 그 가게의 단골이라고.

나는 바구니를 품에 안은 채 어리광을 부리는 아쿠아를 타이르듯 이렇게 말했다.

"그리고 강한 몬스터를 해치우고 싶더라도, 마치 짜기라도 한 것처럼 그런 몬스터가……."

등장할 리 없잖아, 라고 내가 말을 이으려던 바로 그때였다.

"개구리 킬러다~!"

멀찍이 떨어진 곳에 있는 모험가가 숲을 손가락으로 가리키며 고함을 질렀다.

그것은 원래 숲속 깊은 곳이나 호수 인근에만 서식하는 대형 뱀이었다.

액셀의 평원에 서식하는 개구리의 개체수가 너무 늘어나면 정기적으로 포식하러 오는, 자연 생태계에서 개구리의 상위에 위치하는 천적이다.

그리고 개구리를 한입에 삼킬 만큼 몸집이 크면서 재빠르게 지면을 기어 다니는 그 녀석이 개구리만 먹을 리가 없었다.

강인한 몸통으로 표적을 휘감고 조르는 공격은 중견 모험가조차도 당하면 온몸이 박살날 정도다. 그래서 이 마을의 모험가는 저 녀석을 보면 바로 마을로 피난하도록 되어 있다.

"잘 됐네. 네가 그렇게 원하던 강적이 나타났어."

"저기, 카즈마. 혹시 내가 플래그를 세웠다고 생각하는 거야? 아니거든? 나는 저렇게 위험한 녀석이 나타나기를 바란 적 없거든?!"

평소 같으면 대부분의 모험가가 도망쳤을 테지만 지금은 다수의 모험가들이 남아 있었다.

게다가 안경을 쓴 저 직원이 보고 있기 때문인지 다들 저 개구리 킬러에게 맞서 싸우려 했다.

"하지만 묘하구나. 개구리 킬러는 경계심이 강해서 사람들이 많은 곳에는 다가오지 않을 텐데…… 게다가 이곳에는 무수한 개구리들이 서식하고 있지. 먹을 수 있는 부위도 얼마 안 되는 데다 반격을 하는 인간보다, 더 매력적인 먹잇감이 있는데……"

다크니스가 그렇게 중얼거렸고 모험가들의 시선이 아쿠아에게 쏠렸다.

나도 덩달아 그쪽으로 고개를 돌렸는데 아쿠아가 안아들고 있는 바구니가 눈에 들어왔다.

"아냐."

"호오."

이 녀석, 사고쳤구나.

"이 애는 말이지? 내가 호수에서 헤엄치다 발견했어. 개구리 킬러의 새끼일 거라고는 꿈에도 생각 못했거든?"

"어이, 안경을 쓴 사람이 뚫어져라 쳐다보고 있어. 스카우트를 하러 왔다지만, 저 사람은 모험가 자격을 박탈할 수도 있다고. 그러니 생각하면서 말해."

안경을 낀 사람이 주시하고 있는 가운데, 한 여성 모험가가 입을 열었다.

"나, 나는 이 마을을 좋아하지만, 언젠가는 왕도에서 명성을 얻고 싶어! 그러니까⋯⋯. 다른 사람에게는 미안한데, 저 개구리 킬러는 우리가 해치울게!"

그 말에 용기를 얻은 건지 다른 여성 모험가 파티도 무기를 들었다.

"그래, 우리도 나서자! 매정하게 들릴지도 모르지만, 우리도 이름을 날리고 싶어!"

여성 모험가들은 미안한 듯한 목소리로 그렇게 말했으나 남성 모험가들은 쓴웃음을 짓고—.

"괜찮아. 그게 올바른 모험가지. 우리는 이 마을에 너무 오래 있었던 것뿐이야. 자, 가! 그리고 우리 몫까지 명성을 얻으라고!"

"기, 기다려 주세요! 이 마을에는 고레벨 모험가가 있을 텐데요?! 저는 포기하지 않을 겁니다! 그들을 왕도로 데려갈 때까지, 저는 이 마을에 남아서—!"

격려를 받은 여성 모험가들이 결의에 찬 표정을 짓고 고개를 끄덕인 후, 안경을 쓴 직원에게 말을 걸었—.

"『익스플로전』—!!!!!!"

왠지 점액 범벅이 된 메구밍이 눈치 없이 공을 독차지했다.

"—자, 개구리 킬러에 걸린 상금입니다. 메구밍 양, 수고하셨어요!"

모험가 길드로 돌아가자 항상 신세지는 직원 누님이 우리를 맞아주었다.

"저기, 개구리 킬러를 해치운 메구밍은 우리 파티의 멤버니까, 내가 그 뱀을 유인한 것도 그냥 넘어가줄 거지?"

"어이, 괜한 소리 하지 마. 개구리 킬러를 해치웠으니 정말잘 됐다! ······는 걸로 대충 넘어가자고. 나중에 귀족 복장을 한 다크니스가 승전 축하 파티에서 공작 영애 오라를 뿜으며 공을 치하해주면 그냥 잊어줄 거야."

"아, 아니, 잊어줄 것 같지는 않다만······. 그것보다······."

다크니스는 난처한 표정을 짓고 다시 안경을 쓴 남자를 쳐다보았다.

그러자—

"아, 아니, 이 마을에 고레벨 모험가가 있을 걸로 예상되어서, 그들을 스카우트하러 온 겁니다만······."

"뭐?! 우리는 레벨이 낮아서 불만이라는 거야?!"

"왕도에 데려가줘! 이 마을의 남자들은 대부분 초식남이란 말이야! 어찌된 건지 이성한테 인기가 없거든?!"

아직도 포기하지 못한 여성 모험가들이 안경을 쓴 남자에게 따지는 모습이 눈에 들어왔다.

바로 그때, 한 마법사가 그 남자에게 다가갔다.

그 사람은 바로—.

"이야기는 들었어요. 모험가를 스카우트하러 왕도에서 왔다죠? 이 자리에 있는 사람 중에서 가장 강한 건, 아까 개구리 킬러를 해치운 저예요. 자, 레벨도 높죠? 저의 힘이 필요하다면, 동료들과 함께 왕도에 가주도록 하죠!"

안경을 쓴 남자는, 다음 날 왕도로 돌아갔다.

저자 아카츠키 나츠메

이멋세 단편집 『요리미치!』를 구매해주셔서 감사합니다.

이 책은 텔레비전 애니메이션 이멋세의
1기와 2기의 Blu-ray & DVD 특전을 모으고,
신작 소설을 더한 작품입니다.

특전 소설이 너무 많아서 서적으로 정리해서 책장에 꽂아두기 쉽게 하자는
구실 하에, 애니메이션 특전을 또 우려먹자는 악독한 장사…… 거짓말입니다.
공명정대한 편집부에게는 그런 의도가 없습니다.
영상매체가 비싼 탓에 학생 여러분들이 특전 소설을 보기 힘들 테니 이런 식으로
접할 수 있게 해드리려는 것뿐입니다.

사실 이번 서적화에 맞춰, 어느 캐릭터에게 여동생이 생겼습니다.
원래 애니메이션 1기 방송 시에는 2기가 예정에 없는 데다 서적도 10권 정도로 끝날
거라고 들었기에, web판에서 인기가 있었던 경찰서장을 출연시켜본 건데…….

아무튼 어른들의 사정 때문에 특전 소설에서 변경된 부분이 있습니다만,
양해해주시면 감사하겠습니다.

그럼 미시마 선생님을 비롯해 제작에 참여해주신 분들, 그리고 무엇보다 이 책을
읽어주신 모든 독자 여러분에게, 진심으로 감사드립니다!

일러스트 미시마 쿠로네

이멋세 단편집 발매 축하드립니다!
이중에 다크니스가 약해진 이야기를 참 좋아해서, 이렇게 책이라는 형태로
다시 읽을 수 있어 기쁩니다!
그야말로 일반적인 상류층 아가씨군요……!

편집 카도카와 스니커 문고 편집부

최초 수록

「액셀의 아크 프리스트」	「이 멋진 세계에 축복을!」 Blu-ray & DVD 제1권 한정판
「액셀의 폭렬 탐정」	「이 멋진 세계에 축복을!」 Blu-ray & DVD 제2권 한정판
「지켜주고 싶은 크루세이더」	「이 멋진 세계에 축복을!」 Blu-ray & DVD 제3권 한정판
「참 운수 좋은 은발 소녀」	「이 멋진 세계에 축복을!」 Blu-ray & DVD 제4권 한정판
「불사의 왕이 되기 위해」	「이 멋진 세계에 축복을!」 Blu-ray & DVD 제5권 한정판
「마왕군 간부는 바쁘다」	「이 멋진 세계에 축복을! 2」 Blu-ray & DVD 제2권 사전 예약, 구입 특전
「가짜 주의!」	「이 멋진 세계에 축복을! 2」 Blu-ray & DVD 제5권 한정판
「액셀의 문제아들」	신작 소설

안녕하십니까. 근로청년 번역가 이승원입니다.

『이 멋진 세계에 축복을! 요리미치!』를 구매해주셔서 진심으로 감사드립니다.

2020년도 어느새 4달 정도 흘렀습니다.

따뜻한 봄 날씨가 이어지니 인도어파인 저도 괜히 외출하고 싶어지네요.

그래도 여러모로 상황이 좋지 않은지라, 집에서 열심히 일을 하면서 하루하루를 보내고 있습니다.

사회적 거리 두기에 동참하며 집에서 시간을 보내고 계신 독자 여러분께서, 이 책을 보시고 조금이라도 힐링하시길 진심으로 빕니다!

그럼 본편에 관한 이야기를 해볼까 합니다.

스포일러가 포함되어 있을 수도 있으니 본편을 읽지 않으신 분들은 유의해주시길!

작가님께서도 말씀하셨다시피, 이번 작품은 이멋세의 애니메이션 영상매체의 특전으로 나왔던 단편들을 모은 책입니다.

그런 만큼 작품의 시기가 애니메이션을 기준으로 하고 있습니다. 앞의 다섯 편은 1기, 소설로 치면 1, 2권 시기의 내용이며 그 후의 두 편은 2기를 기준으로 하고 있습니다. 그런 만큼, 하루하루 벌어먹고 살기 힘들어 부업까지 할 정도로 짠내나는(^^) 카즈마 일행을 오랜만에 볼 수 있어 좋았습니다. 아마 독자 여러분도 마찬가지였을 거라 생각합니다.

이야, 마구간에 자러 가고, 겨울이라 돈이 궁해 부업을 하다니…… 정말 오랜만이군요.^^

독자 여러분들도 이런 짠내나는 카즈마 일행의 시끌벅적한 일상을 즐겨주셨으면 합니다!

그리고 세계적인 모험가 부족 사태와 서큐버스 가게…… 설마 서큐버스 가게는 마왕이 모험가의 씨를 말리기 위한 계략인 건가?! 라는 생각을 했습니다, AHAHA.

그럼 이만 줄이겠습니다.

L노벨 편집부 여러분. 항상 재미있는 작품을 맡겨주셔서 감사합니다. 앞으로도 잘 부탁드립니다.

포틀럭(^^) 파티를 하자면서 허락도 안 받고 우리 집에 쳐들어온 악우들이여. 오래간만에 만나서 반갑기는 했다만 왜 다들 술만 들고 오는 거냐?! 덕분에 내 한 달치 식량이 전부 날아가버렸다고⋯⋯ㅠㅠ.

마지막으로 언제나 제게 버팀목이 되어주시는 어머니와 『이 멋진 세계에 축복을!』을 읽어주신 모든 분들에게 진심으로 감사드립니다.

최종결전(-_-;;;)이 벌어질 17권 역자 후기 코너에서 다시 뵙겠습니다!

2020년 4월 중순
역자 이승원 올림

이 멋진 세계에 축복을! 요리미치!

1판 1쇄 발행 2020년 8월 10일
1판 2쇄 발행 2020년 8월 26일

지은이_ Natsume Akatsuki
일러스트_ Kurone Mishima
옮긴이_ 이승원

발행인_ 신현호
편집부장_ 윤영천
편집진행_ 김기준 · 김승신 · 원현선 · 권세라 · 유재슬
편집디자인_ 양우연
국제업무_ 정아라 · 전은지
관리 · 영업_ 김민원 · 조은걸 · 조인희

펴낸곳_ (주)디앤씨미디어
등록_ 2002년 4월 25일 제20-260호
주소_ 서울시 구로구 디지털로 26길 111 JnK디지털타워 503호
전화_ 02-333-2513(대표)
팩시밀리_ 02-333-2514
이메일_ lnovelpiya@naver.com
L노벨 공식 카페_ http://cafe.naver.com/lnovel11

KONO SUBARASHII SEKAI NI SHUKUFUKU WO! YORIMICHI
©Natsume Akatsuki, Kurone Mishima 2020
First published in Japan in 2020 by KADOKAWA CORPORATION, Tokyo.
Korean translation rights arranged with KADOKAWA CORPORATION, Tokyo.

ISBN 979-11-278-5640-3 03830

값 7,800원

©Setsugekka 2018
Illustration : Fuyuki
KADOKAWA CORPORATION

누가 좀비를 죽였는가

세츠겟카 지음 | 후유기 일러스트 | 송재희 옮김

좀비의 생먹이로서 자신의 몸을 던지는 자들.
인구 증가와 함께 바야흐로 좀비는
이 사회에 없어서는 안 될 시스템이 되었다.
그런 가운데, 소중한 사람을 좀비의 생먹이로 잃고
복수를 위해 시설에 침입한 베르나르도가 본 것은?
거기서 만난 수수께끼의 소녀 크리스틴의 목적은?!

좀비 호러 ADV 노벨라이즈!

친구 여동생이 나한테만 짜증나게 군다 1권

미카와 고스트 지음 | 토마리 일러스트 | 이승원 옮김

교우 관계 사절, 남녀 교제 거부, 친구라고는 진정으로 가치 있는 단 한 사람 뿐.
청춘의 모든 것을 「비효율」적이라 여기며 거절하는
나, 오오보시 아키테루의 방에 눌러앉아있는 녀석이 있다.
내 여동생도, 친구도 아니다.
짜증나고 성가신 후배이자 내 절친의 여동생인 코히나타 이로하다.
"선배~, 데이트해요! ……라고 말할 줄 알았어요~?"
혈관에 에너지 음료가 흐르고 있는 듯한 이 녀석은
내 침대를 점거하고, 미인계로 나를 놀리는 등, 나한테 엄청 짜증나게 군다.
그런데 왜 다들 나를 부러워하는 거지?
알고 보니 이로하 녀석도 남들 앞에서는 밝고 청초한 우등생인 척하기 때문에
엄청 인기가 좋은 모양이다.
이봐…… 너는 왜 나한테만 짜증나게 구는 거냐고.

끝내주는 짜증귀염 청춘 러브코미디, 스타트!!